哲學大叔的思考指南：論文

論文教室

從課堂報告到畢業論文

戶田山和久 著 林宗德 譯

論文の教室：レポートから卒論ま

目錄

前言

本書的獨特性與目標

市面上的「論文寫作法書籍」多到數不清，本書與它們最大的不同點是：第一、在數不勝數的類似書籍裡，只有這本是我寫的；第二、上一點可能和各位讀者一丁點關係都沒有，但對我來說非常重要，因為只有這本書的銷路與我的經濟狀況有關。

所以我在寫作這本書的時候，一直掛念著要盡可能讓更多讀者讀到本書。說得更直白一點，我是本著推銷的念頭寫的。……那要怎樣才會賣呢？本來已經想好書名用《哈利波特與佛地魔的論文指導手冊》，書腰印上「華納公司決定拍成電影！」就ＯＫ了，因為這麼一來，被書名誤導而掏腰包的人應該也不少。但這計畫NHK出版社沒點頭，我深感挫折。

再來只好用上行銷學的正面進攻法，也就是找出目標受眾裡佔最多數的那群人了。是哪些人呢？就是「不會寫論文的人」。我在大學教書，對此有深刻體會，就這麼找出本書的目標受眾了。

簡而言之，本書是為了有底下這種煩惱的人寫的。「進了大學（或高中），上課的作業要寫論文，還最少要四千字。好煩吶！不寫就拿不到學分，只得硬著頭皮寫了。但我不知道要怎麼寫啊！以前沒寫過，也沒人教過怎麼寫論文。」也就是說，本書的對象是特別不喜歡也不會寫文章的學生，也就是現在手裡捧著這本書的你們。

我很瞭解你們的心情。我在大學教書，研究的是科學哲學。說難聽一點，我「好歹算個學者」；說好聽一點，哲學家＝「愛智之人」。不過老實說，我很討厭寫論文。我非常喜歡讀別人的書或文章、討論、研究，也喜歡在眾人面前發表自己的看法，真心覺得這條路真的是選對了。研究本身我很愛，不過到了要把研究成果寫成論文的時候，人生一下子就變成黑白的，後悔當初為什麼不去學當石油大王或是柏林愛樂的首席指揮！但不寫論文就無法在學問的世界裡生存，只好勉為其難地寫了。因為人家說只有對知識的愛是不夠的，只好把愛燃燒殆盡後的餘灰化成文字，謀個糊口。

但不管多麼不情願，一般人對於不喜歡的事，做久了還是會上手，我自己就對刷洗浴缸黴垢和分類不可燃垃圾很拿手。所以呢，把寫論文當成一種日常事務的鄙人在下我，為了初入門的你們寫了這本書，講解怎樣寫出看起來很了不起的論文。只要認真讀過這本書，常被寫論文搞得不知所措的你們，好歹也寫得出論文了。本來勉強寫寫只拿了個「C」的你們，可以寫出更好的文章，拿到「B」或者「A」。……如果沒有拿到，那評分的老師可能頭腦有問題，這種學校應該馬上輟學不要唸了才對。

因為希望你們能把這本書讀到最後一頁，我盡心盡力寫得有趣。這跟上述說的本書第二個特點有關。為了寫作本書，我把市面上的類似書籍一本一本都買回家讀，但我沒有一本讀到最後一頁的。沒錯吧！內容都很無聊。本書是唯一的例外，是我唯一可以從頭讀到尾的「論文寫作法書籍」。我才剛寫完，就又從頭到尾讀了好幾遍。……啊，別把書丟回架上！下面開始說正經事了。

本書所討論的「論文」的範圍

本書所討論的「論文」，主要包括下列三種文章。

（一）在大學（高中）課程裡，用來取代期中考、期末考，要你們自己做點調查、思考之後寫成的小論文，通常稱為「報告」。我當學生的時候，覺得出考題很麻煩的老師（大概所有的老師都是這樣）常常說：「想拿學分的就寫報告吧，只要有寫就好。」但這是以前的大學。現在呢，大學老師的正確作法，是會仔細地閱讀、給分，寫完評語後交還給你。學生不付出同等的努力認真寫作是不行的。老師、學生都變得超級辛苦的啊。

（二）在大學（高中）的專題討論課裡，整理一年來自己調查和研究的成果，是困難度比較高的小論文。我覺得其實用不著這麼大費周章的，不過最近很流行要學生寫這種論文，然後在學年結束的時候，結集成論文集出版。

（三）大學四年學習成果的總驗收，也就是畢業論文。……話說得好聽，骨子裡多半是做做樣子。大多數學生大四暑假放完了還是什麼都沒做，等到秋風拂來的時候才開始著急。[1]

這三類的共通點是：論文是針對某個問題，主張一個明確的回答，並且論證這個主張的文章。也就是說，論文必須是有邏輯的文章。文組學生一定要寫全部三種類的文章，但理組的同學在四年的大學生活裡，應該也會寫到前兩種文章。就算唸的是理組，寫的也不會只有實驗報告而已。我自己一開始也是唸理組，所以我很清楚。為什麼連理組都要寫呢？因為不管唸的是文組還是理組，有能力寫個還算像樣的小論文，算是現代社會人士基本素養的一環。仔細想想，現在這時代還真有點怪。更早以前，大家連個大字都不會寫，哪裡還談得上「寫出有邏輯的文章」呢……。但活在現在這個世界，如果不能流暢地寫出論文，別說沒辦法盡情享受學校生活了，連畢業後出社會的生存都受影響。……嗯，無意間，我開始在威脅你們了。

因此，雖然本書所針對的讀者，主要是大學生和想接受挑戰的高中生，但是必須與人討論議題、寫出有邏輯的文章的社會人士，以及參加入學考和插班考的學生，也可以應用本書的內容。

本書的結構與利用方法

本書包括三大部分與附錄。第一篇探討的是論文是什麼樣的文章，以及寫作時必須注意的要點，可以說是「理論篇」。第二篇的前半是「實作篇」，說明論文的骨架也就是大綱應該怎麼寫作。而在第三篇裡，我會說明從大綱發展成為論文直到最後修整完工的整個過程。[2]附錄則蒐集了有助於論文寫作的各種資訊。

本書的基本主張是：論文是由大綱擴充寫作而成，而論證則是論文的生命。因此，我花了很多篇幅討論寫作大綱以及進行論證的方法，這也是本書的一大特點。

譯註

1 日本的學年從四月開始，到隔年三月結束。

2 第八章和第九章所教導的寫作原則，有多處涉及日文的文法特性，但整體上仍值得作為一般的寫作原則參考。

貫穿本書三大部分的，是個作文寫得很差勁的大一新生，努力讀完本書寫出期末報告論文的感人故事。我一邊寫這個故事，一邊與主角一同憤怒、絕望、哭泣、吶喊和歡笑。也請各位讀者跟著這個故事，做做練習問題，體驗寫論文的過程。

小說的世界裡，也有這種邀請讀者體驗主人公成長過程的文類，稱為「成長小說」（Bildungsroman）。例如歌德寫的《威廉．邁斯特的學習年代》就是其中的代表。我寫了這本書，應該會被稱為「論文寫作法界的歌德」吧。

第一篇

你知道論文是什麼嗎？

【第一篇的基本方針】

我發現，入學新生不會寫論文，最主要是因為不瞭解論文是什麼樣的文章。因此，在本書的第一篇，我將從各種不同的角度，清楚地說明論文的性質。

第一章說的是寫論文的時候，應該要有什麼樣的心理準備。第二章則從內容著手，解答「論文是什麼」的問題，說明論文必須包含「提問、主張及論證」。因此，論文不是可以一下子從無到有的文章，這是第三章強調的重點。第四章則從格式來討論「論文是什麼」，論文就是具備論文的格式的文章。那什麼是「論文的格式」呢？敬請期待第四章的內容。

第一章　出了寫論文的作業了！

一、差勁男登場！

開始上課吧。先介紹本書的主角，「作文差勁男」。

覺得這名字取太差而感到超無奈的讀者們，我聽到你們的嘆息了。不過，人物是我創造的，我覺得這樣就好。差勁男不是某個特定人物的翻版，而是我綜合了教師生涯裡看過的超差勁論文或報告之作者的特色，所創造出來的角色。

差勁男是某大學工學院今春入學的新生，沒重考過，數學和物理好像還不錯。雖然他對於班上幾乎都是男生，以及學校餐廳中午總是大排長龍有點抱怨，但可以說還滿享受大學生活的。……等等，差勁男，你自我介紹一下吧。

——咦，這麼快？欸，我是作文差勁男。……欸，工學院電子工程系一年級，住宿舍騎腳踏車代步。喜歡打電動玩手機，欸，某某高中畢業……，……嗯，大概就這樣了。那個……我很不會寫論文，想要學怎麼寫。我會努力的，請多指教。

——……最難的就是自我介紹了。創造出這個角色，自己都覺得不好意思了。差勁男，你寫過的文章，距離現在最近的，是什麼文章？

——……。

——喂，不要看別的地方。

——……中學時寫的「畢業旅行的回憶」吧。

——哼。小學或中學時，老師有教過怎麼寫作文嗎？

——……沒特別教……。大概就說想到什麼都可以寫。

原來如此，那不會寫論文並不意外。不過，大學的生活呢，就是一篇接著一篇的論文，一篇接著一篇的報告，總之一定每天被文章追著跑（如果你唸的大學不是這樣，看你是要看開誤上賊船了，不然就儘早離開為妙）。差勁男，雖然你剛入學可以輕鬆一下，但接下來各門課出作業的時候，你的大學生活就會變得很灰暗了。

……不出所料，連假結束的時候，差勁男走路都板著一張臉。

——啊~。倫理學的課馬上就出個要寫論文的作業了。

——我就說吧。什麼題目？

差勁男給我看了題目：

【通識教育課程「現代倫理」期中報告題目】

請選擇下列其中一題，寫成論文。

（一）請閱讀辛格（Peter Singer）《實作倫理》（*Practical Ethics*，昭和堂，一九九一年）的第三章，加以摘述。

（二）調查荷蘭「安樂死」的法令，寫出報告。

（三）你認為應該承認動物有權利嗎？請自由發揮你的看法。

（四）選擇其他生命倫理的相關議題，自由地申論。

——原來如此，是生命倫理學的議題。你選哪一題？

——第（一）題要看書很麻煩，第（二）題也覺得不知道要查什麼，所以直接就選了第（三）題。這題只要寫自己的看法就好，應該可以交差。

——哼……。（心裡暗想「這傢伙，果然是傻子」。）字數呢？要寫多少字？

——二千字以上，四百字的稿紙要五張。我寫一張大概要一小時，五、六個小時應該寫得完吧。

才這個時候，我想給的建議堆起來就跟山一樣高了。不過，姑且先讓他自己寫，我來好好地觀察一下。聽起來是有點殘忍，不過這個差勁男呢，本來就是我為了讓他經歷各種挫敗和困境才創造出來的角色，所以沒關係。差勁男會想問角色有沒有人權嗎……。

就這樣，明天是繳交期限。跟朋友吃完晚餐，差勁男回到宿舍，且看一下他接下來做些什麼。回到宿舍先洗個手、漱漱口……沒想到他習慣還不錯，有點意外。他拿出心愛的 Mac Book 放桌上，開啟電源。電腦對現在的學生是必備的工具，差勁男考上大學時，存的錢不是拿去上駕訓班，而是用來買自用的電腦，這點必須稱讚一下。他打開文書處理軟體，先寫下「應該承認動物有權利嗎」。

……陷入長考。還在思考。……仔細思考後，慢慢打著字。「我選這個題目，是因為……。」會寫什麼呢？會寫出一篇論文嗎？還真出乎我意料。過一會兒打了些字，選擇「儲存」，又停了下來。繼續沉思。時間一分一秒無情地過去。過了二十分鐘，差勁男慢慢站起來，好像要去拿背包。從裡面拿出什麼來呢？竟然是電子辭典！偉哉！原來是要查不懂的詞彙，我要對他另眼相看了。他一邊查《廣辭苑》，一邊開始狂寫。「『權利』是什麼呢？《廣辭苑》上面說……。」出現了！可說是差勁論文一定會有的辭典進攻法！莫非連「動物」也要引用《廣辭苑》嗎？有點擔心，要好好地看著他。

……又停下來了。把字體一下子調大、一下子調小，看起來還是沒有什麼靈感。啊，差勁男竟然把《模擬城市》（*SimCity*）開起來玩了。這電動很耗時啊。夜漸漸深了……。

熬夜到天亮的差勁男，隔天交了這篇論文（原文照登）：

應該承認動物有權利嗎？
工學院電子工程系一年級
學號1234567
作文差勁男

我選這個題目，是因為第（一）題要看辛格的書，但是圖書館找不到，而且我手邊也沒有荷蘭安樂死法案的資料。我到高中為止都是跟父母同住，家裡養的狗，大家都很寵牠，對待牠就跟家人一樣，所以我對動物權利的說法有點興趣，才會選這個題目。

「權利」是什麼呢？引用新村出編輯、岩波書店出版的《廣辭苑》（第六版），上面說【權利】(1)權勢與利益。權能。(2)〔法〕（right）①主張特定的利益，以及法律上對於特定者賦予的力量，使其得以享受該利益；②能夠做或者不做某些事的能力、自由。⇕義務。

(1)跟本文沒有關係，所以我認為說動物權利的人，說的是(2)的意思。因此，動物權利的意思，就是主張動物具有一定的利益，以及法律上對於特定者賦予的力量，使其得以享受該利益。此外，動物權利也指動物能做以及不能做某些事的能力、自由。動物會吃東西、玩耍，會做很多事情，牠們有這些能力，所以牠們當然有權利，我覺得當然是這樣。但是①說權利是由法律賦予，但的確沒有這種法律，所以我也覺得動物終究還是沒有權利吧。權利這個詞在哲學上有很深的涵意，所以很難。

但是我認為動物有權利。就像我剛才說的，以前有養狗，狗跟人一樣會關心彼此，朋友死掉了會悲傷。不同的只是狗不會說話，但牠的叫聲也會因為心情而變化，或許這也算是一種語言吧。以前電視播過黑猩猩的節目，學者教黑猩猩學手語，黑猩猩會用手語表達自己的意志和感情。但是動物實驗卻用這些有思考能力有感情的黑猩猩。上課的時候老師好像說過，人類用狗或猩猩做動物實驗，活體解剖啦、剝開頭皮插電極啦、或者讓牠們感染病菌來做研究。我可以理解主張動物權利的金格等人的心情。人類為了自己的健康或是利益做實驗，那不如做人體實驗，我覺得動物實驗是人類中心主義。就像提姆·波頓導演的電影《決戰猩球》裡的一幕，小猩猩給小孩戴項圈，把小孩當成寵物，如果人類和猩猩的立場對調，事情就很清楚了。還有一幕是小孩明明都哭了，小猩猩還邊看著邊說「好可愛」。如果我是那個小孩，嚇都嚇死了。

根據以上的理由，我贊成動物的權利。我認為必須停止動物實驗，開放動物園裡的動物。人類與動物其實是平等的，互相體諒一起生活很好。

但是因為我喜歡吃肉，所以動物的權利太多的話也不好，重點是不吃肉人類可能會滅亡。一想到這裡，就會覺得任何事情或許都不能太極端。因為這個問題很難，我還要進一步瞭解才行。不好意思我沒有整理得很好，希望不要當我。因為字數夠了，就此停筆。

【讀者的差勁度檢查！】

讀者看了文章後的驚訝表情，早早就出現在我的腦海裡了。在繼續往下讀之前，請先讓我知道你們對差勁男「論文」的看法。選出你覺得最接近你的感覺的：

①別把讀者當傻瓜！書錢還來！
②不會吧！我不敢相信會有寫出這種文章的大學生。
③論文也有這樣的呢。
④我也常常寫成這樣，我會反省的。
⑤咦？哪裡不好嗎？
⑥很能理解差勁男的心情。我也反對動物實驗！

選①、②的人，你們不需要這本書，請繼續寫出好的文章。選③、④、⑤的人，本書就是為你們量身訂做的！一起加油吧。選⑥的人，建議你的人生不要跟言論和議論有任何牽扯比較好，那樣肯定比較快樂。

恐怖的事實

你可能會覺得這文章寫得很差，有夠爛的。不過真正可怕的，是大學老師常會看到這種程度的「論文」。如果不是因為這樣，我再怎麼喜歡模仿別人的文章，也不可能寫出這麼出色的差勁論文。差勁男的論文，是我累積超過二十年的教學生涯，才體會到的差勁論文寫作法的知識結晶！雖說是種讓人高興不起來的知識就是了。

我尤其常常看到下面四類論文：（一）用選擇題目的理由來起頭的論文；（二）用「就此停筆」結尾，活像婚禮致詞的論文；（三）用辭典進攻法的論文；（四）跟老師要學分的「給我！給我！」論文。如果對老師說「給我學分」，老師的反射反應就是「才不要哩」，所以如果真想要學分的話，千萬不能寫出來。

我個人很懷念辭典進攻法。剛到名古屋大學教書的時候，發現好多學生都用此法展開攻擊，我猜，應該是名古屋某個高中的老師，教導學生不管寫什麼題目都要查詢並且引用《廣辭苑》吧。不過，真正教人不寒而慄的事實，是我從來沒有看過滿足全部四個條件的論文，但差勁男的論文卻四個都滿足了，果然是實至名歸的差勁男。

我以前開設心靈哲學課程的時候，讓學生用論文來代替期末考。當時很多學生的論文都用「『心靈』是什麼？《廣辭苑》說……」起頭，讓我好想一個個掐他們的脖子！心靈是什麼、心與腦的關係……這些問題的歷史凡數百年，好多哲學家絞盡腦汁左思右想，寫了無數的專著和論文，而學生們也聽了半年課，課程宗旨正是在探討瞭解「心靈」的難處。結果，他們偏偏給我寫「因為不知道心靈是什麼，所以查了國語辭典」！讀者們應該也瞭解，這簡直就是把整門課當玩笑嘛。為了自己好，請別再這樣了。

二、首要之務是投資辭典

不過，寫文章的時候要查辭典，這本身是件好事。總之，請注意，寫文章的時候使用辭典，和在自己的論文裡完全引用辭典的說明，這兩者完全不同。不管是讀別人寫的文章，或者自己寫文章的時候，都請在手邊放一本國語辭典。甚至應該養成習慣，要寫文章之前，先把辭典擺上桌再說。不這樣的話，當寫得正順卻突然想到「用這個詞對嗎」時，就會因為手構不到辭典覺得「唉，算了」，而導致日後的出醜。差勁男可能會反駁：

——以前才會這樣吧。我寫文章用電腦，不會把漢字弄錯，因為有像是ATOK這類的日文轉換系統，不確定字怎麼寫的時候也不用查辭典。[1]

——我說你喔。的確，就像日文以前把辭典稱為「查字」一樣，查辭典的目的，可能常常都是要確定字怎麼寫，就像不知道「たいしんけんちく」怎麼寫的時候……沒錯，就是「耐震建築」。我們的確可以依賴轉換系統幫我們做這件事。不過，辭典的功能不只

譯註

1　ATOK是一種日文輸入軟體，可將以日文假名輸入的詞彙轉換為漢字。

這樣。例如你把「解放動物」寫成了「開放動物」，正確的詞是「解放」。[2]查了辭典，就會知道「開放」是指「開門、解除限制使其自由出入」，而「解放」則是「解除束縛使其自由」。像遇到這種讀音相同但意義不同的詞彙時，辭典會讓你知道用哪個詞才正確，所以要把辭典丟掉，還言之過早。

——但是新版的 ATOK 有說明同音異義詞之間意義哪裡不一樣的功能喔！

——……是嗎，越來越方便了呢。不過還是買本辭典好，而且不只要買電子辭典，還要有紙本的。

——不會吧！不是浪費錢嗎？

——紙本辭典的好處，是可以讓你「順便學習」。比方說查國語辭典裡的「開放」好了。一查就會看到那一頁有很多其他的詞彙，一定會有其他讀音相同的詞。例如「開封」和「解放」、「開放」的讀音也一樣，你自然就會好奇它是什麼意思。往前一點的話，還可以發現「解剖祭」這個奇妙的詞。你會想，咦，難道醫學系會辦這種活動嗎。[3]像這樣，很多詞彙都可以「順便」學習。偶遇而學到的知識，很意外地久久都不會忘記。

——英文老師也叫我們買紙本辭典。

——用紙本辭典的話，順便學到 concept 和 conception 兩個字有什麼差別、real 的名詞形是什麼等等的可能性很高，因此要丟掉它的時候還未到。而且論文寫到正起勁時發現了一隻蟑螂，也可以拿辭典來砸啊。

——……這才是真正的《廣辭苑》攻擊吧。

【練習問題1】

電子辭典也好，紙本辭典也罷，你手邊要準備一本國語辭典。什麼！你沒有嗎？實在太不像話了。沒辭典的人請闔上這本書，現在馬上去買一本。擔心這樣晚餐就沒著落的人，我說人一餐不吃是死不了的！就算把手邊所有的錢都花光也不打緊，一定要先買本辭典。……買回來趕快用用看。請練習做下面的問題。

（一）用辭典查一下下面的同音異義詞，確認它們的意思，然後想想看句子裡面的空格應該填上哪個詞。

①體制、態勢、大勢

・順應社會的「」過活。

・為了對抗敵人的攻擊，必須重整「」。

・幕藩「」似乎到了盡頭。

譯註

2 日文中「開放」與「解放」讀音相同。

3 解剖祭是為了感念提供大體的死者所進行的儀式。

②變異、變位、偏倚[4]

・生物的「」有受遺傳影響的，也有不受遺傳影響的。

・近年來，鳳蝶的分布產生了奇特的「」。

・算出物體X從這一點到那一點移動的「」。

③保證、補償、保障

・日美安全「」條約。

・在收取寄送物品的標準費用之前，必須先支付若干「」金。

・事故的受害者獲得了大量的「」金。

（二）調查同音異義詞的意思哪裡不同。另外，除了擊退蟑螂之外，在寫文章的過程裡，國語辭典還能發揮什麼功能呢？請想一想活用辭典的方法。

如果手頭還算寬裕，買本同義語辭典應該也不錯，用它找詞彙很方便。比方要表達血管裡紅血球結成一團時，忘了該怎麼說。寫「結成一團」雖然也通，但就完全暴露自己的愚昧了。這正是同義語辭典派上用場的時候。

先把想表達的事情用類似的詞彙寫出來，盡可能用意義廣泛的詞彙。以上述的例子來說，應該就是「聚集」吧。想出這個詞之後，查查同義語辭典裡的「聚集」寫些什麼。然後就會發現許多意義相近的詞彙，有集團、集合、綜合、群聚……，其中應該有個詞是

「凝集」。沒錯沒錯，就叫「凝集」。就像這樣，你可以找到合適的詞彙來表達你的意思。書末的附錄裡，我推薦了幾本同義語辭典。

我提供一個超棒的秘技給沒錢買同義語辭典的人，那就是使用英語辭典。什麼！寫文章用英語辭典？用不著這麼大驚小怪，它對於找辭彙很有幫助。我在寫文章用的電腦裡，安裝了《藍燈書屋英語辭典》，它可以從英文找日文，也可以從日文找英文。你先從檢索視窗鍵入「聚集」，應該就會跑出 aggregation, assemblage, assembly assortment, bee, body, breed……。照順序一個個看下去，在 aggregation 的解釋裡，就會出現它的翻譯詞【1】集團、集成（體）、集合（體）、總合【2】〔生態〕集團、集合、聚集：某生物在某環境條件下結集成群體【3】〔醫學〕（紅血球等的）凝集（物）……。看到這裡，沒錯，就會知道用「凝集」這個詞了。覺得《藍燈書屋辭典》有點貴的話，這個秘技在《英辭郎》英語電子辭典上一樣可以使用。

——不需要特別用「凝集」這個詞也沒關係吧？說紅血球「聚集」或是「結塊」一樣說得通，這樣就可以了吧？

譯註

4 日文的變位意為位移。

喲，馬上就提異議了。嗯……這問題各人想法不同。例如《寫出勉強及格的論文指南》（平凡社新書）的作者山內志朗說，「年輕時老想運用困難的詞彙，但是一用錯反而揭露自己多麼愚蠢。」他告誡大家不要逞強，應該用自己熟悉而能運用自如的詞彙。這的確有一番道理，但我的想法不太一樣。你是為了什麼要寫論文的呢？是為了不暴露自己的愚蠢嗎？不是吧。是為了要擺脫愚昧，才去思考、寫作論文的吧。既然這樣，不是應該挑戰一下，用一用看起來有點難的詞彙，就算用得怪而被老師恥笑或被指正，其實都沒有關係。你看，明明「暴露」愚蠢就說得通了，山內志朗還不是用了「揭露」這個詞。就算是他，也不是天生就知道「揭露」這個詞，因此，未來的人生裡，你也應該找個機會挑戰自我，用一用困難的詞彙。

說到這，我想起電影《讓愛傳出去》（*Pay It Forward*）裡的一幕。這齣電影的片名明明是「Pay It Forward」，日本的電影代理商卻省略了It，安了個看似是英文卻不合文法、不解其意的片名Pay Forward。我實在無法理解這種作法。……我胡扯的，其實很好懂。總之，他們是在玩文字遊戲，只要看起來像英文，管它是什麼意思都無所謂。我不禁覺得，這種情況，和我們的社會並不尊重努力培養操持大量豐富多彩詞彙的能力有關。

話說到哪兒去了……喔，是《讓愛傳出去》。戲裡海倫·杭特飾演一個有酒癮的單親媽媽。她為了老師給兒子班上出的作業，到小學去抗議的時候，凱文·史貝西飾演的老師沒把她當回事。最後單親媽媽氣沖沖地挖苦說「你真了不起」（You're really something），而身為知識分子的老師則丟下一句：「謝謝妳用了委婉語（euphemism）。」當時她並不懂 euphemism 這個詞的意思，但為了不想「暴露自己多麼愚蠢」，裝懂就回家了，其實非常懊惱。電影裡的下一幕，是她在工作地點所在商場裡的書店翻查辭典。這幕讓我十分感動。別人用不懂的詞彙來說自己會很氣惱，你會想要有更多可以運用自如的辭彙，就算只是多一點點也好。請挑戰自己，有自覺地用用看起來很難的辭彙吧。順帶一提，「euphemism」是什麼意思？

……理解我用意的讀者，應該正在伸手要拿辭典吧。

請先確認一下。為什麼讀高中、大學要孜孜不倦地寫論文呢？因為這對於擺脫愚昧是必要的。如果只把寫論文當成拿學分必經的苦差事，是相當可惜的事。

【鐵則1】把寫論文當成是提升自己的手段。

辭典是你的武器。不是克蟑的武器，而是讓你在精神上獲得更大自由的武器。因此，

【鐵則2】不可吝惜在辭典上的投資。

三、剽竊是什麼？剽竊為什麼算欺騙？

——上次寫的那篇論文，果然沒及格。

——嗯，可惜。

——如果是老師你打成績的話，成績會是……

——不及格。

——說得超乾脆的呢。不過我的文章有沒有哪裡寫得不錯，就算一點點也好？

——只有一點可取。你沒有照抄別人的文章，是自己搜索枯腸堂堂正正地寫出來，痛快吃大丙的。

——這不算誇獎吧。

不，差勁男，我真的是在誇獎你。對於論文，老師最感頭痛的就是「剽竊」的問題。最近，選幾個作業的關鍵字，在網路上搜尋一下，就會發現有些學生的論文未經許可盜用網路上的文章。但千萬別小看老師，這種行為絕對會被拆穿。老師很快就知道學生平常使用的措辭，一年改幾百篇的論文不是改假的。好像老師「一看到這種風格，就知道要打一一〇了」一樣，老師會從論文裡選幾個獨特的詞彙搜尋，一下就知道文章抄襲的源頭了。而且，如果覺得只有自己會抄網路上的文章，那就大錯特錯了。通常都會有好幾個學生抄到同一篇文章，交出去的抄襲文章長得都很像。所以網路剽竊輕易就會敗露。雖然抄襲網路很簡單，但是看出相似的抄襲文章也很容易。

或許正是因為大家不清楚怎樣的行為算是剽竊，才會導致這種抄襲四處橫行。所以我在這裡從頭說一次。從事下列的行為會視為剽竊，不管你是被打零分、該學期的學分全部白忙一場，還是受到比這更嚴重的「處分」，都不能抱怨。

【剽竊是什麼】

（一）**照抄**：全文或部分照抄朋友寫的論文，或者是全文或部分複製在網路上公開的文章，當成自己的交出去。

（二）**自我剽竊**：針對不同的兩門課或兩門以上的課，交出自己寫的同一篇論文，也會被視為剽竊。

（三）**未經允許使用**：最重要的論點或想法借自他人的論文，但未在參考文獻或引用文獻中提及。

以下是只在這邊提供的內部情報。許多老師都使用的授課秘訣裡寫著：如果懷疑學生剽竊但沒有決定性證據的時候，建議找學生當面談話。學生聽老師說「可以討論一下你的論文嗎」，心懷忐忑地赴約。對學生來說，當老師提出像是「你在這裡討論康德的啟蒙，與電影《駭客任務》（*Matrix*）之間的關係。這裡所說的康德的啟蒙，是什麼意思？」等問題的時候，你就會非常害怕。

遇到這種情況要不露出馬腳，該怎麼辦？首先要仔細查明「康德的啟蒙」的意義，藉此透徹地理解原來文章的意思。把它用自己的話寫出來，讓人無法回溯到原來的論文。自己的文章裡頭的內容，不管別人問什麼都能應對自如，那就夠了。順帶一提，如果能寫出「這個論點，出自於某人的網頁 http://www... 中的論文〈何謂康德的啟蒙〉」的話，就更完美了。做到這樣，便完全不能說是剽竊了。事情就是這樣。認真做才是最好的戰略。

為什麼大學老師這麼嚴厲地看待剽竊行為呢？學術世界裡的基本規則是：「經過人們傾力調查、思考而獲得的真理、知識，基本上應該為人類全體所共享。但是，為了回報這些努力，必須對催生了這些真理、知識的人致敬。」剽竊違反了這個規則。剽竊被嚴厲地責難，是因為學生也被視為學術界的一員。此外，請回想一下**【鐵則1】**。抄襲論文，就等於自己放棄了學習將自己的思考整理成文章，從而擺脫愚昧的難得機會。我覺得這樣非常可惜。

【鐵則3】剽竊是自己放棄了提升自我的機會，是愚蠢的行為。如果想要活得有自尊，絕對不可以剽竊。

第二章　論文必須有「提問、主張和論證」

——你說我的「論文」根本就不算論文，那要怎樣才算論文？

——嗯。說到論文，讀書感想不是論文、畢業紀念冊上的感言、情書、婚禮賀辭、企畫書、小說、溫馨小品文、相聲劇本、報刊的讀者投書、曲目解說、議事錄、私密日記、教科書、安慰失戀友人而寫的 email、勞工解放運動的號召文、貸款申請書、BBS 上的 PO 文，都不算論文……。

——好好好，論文跟其他所有類型的文章都不一樣對吧。

——沒錯。所以，第一步是要先知道，作業要求的是寫一篇論文。不過差勁男你應該沒學過怎麼寫論文吧？

——別說寫論文了，連論文是什麼，都沒印象有人好好地教過我。

——日本的小學和國高中，完全都不教學生論文是什麼，大學課堂出的作業卻要寫論文，要學生拼命生產出像論文的文章，真叫我們這些大學老師生氣。

——真的很可怕。……不過由我來說這話也有點奇怪就是了。

——一直擺架子下去也不是辦法，雖然不甘心還是教你吧。啊，「雖然不甘心還是教你吧」是我一個高中老師的名言。只要一聽到這句話，就覺得好像要教我們很重要的事情了。那麼，論文是什麼呢？

一、論文是什麼樣的文章呢？

（一）**論文有提問**。論文是提出明確的問題，像是「為什麼……」、「我們應該做的是什麼……」、「……與……之間的差別是什麼」，然後尋求解決之道的文章。差勁男你的作文最初提了個「應該承認動物有權利嗎？」的問題，可以說已經滿足了論文的最低要求。

（二）**論文有主張**。既然有提問，就要有答案。因此，寫論文重要的是要有勇氣對自己的主張負責，也就是要有「斷言事情的勇氣」。差勁男，你直到文章中間，都還認為應該承認動物有權利，後來卻說「但是因為我喜歡吃肉……」，遲疑著該不該承認動物有權利。你最後還說「因為這個問題很難」想要矇混過去。結論到底是哪個？像這種文章，稱不上是篇論文。

（三）**論文有論證**。也就是說，只寫「動物有權利嗎？我認為有。結束」不是論文。只有提問和答案不能算論文。為了讓讀論文的人接受你的答案，論文必須有論證。論證指的是適當地排列邏輯上能夠支持自己答案的證據，讓它們產生效果。我會在第六章詳細說明論證的具體步驟。這裡我想請大家注意：當我們想說服別人的時候，通常會用盡所有方法，像是威脅、哀求、逗對方開心、慫恿等等，常常是在訴諸對方的情感，這反而比較有效。對異性告白的時候，如果說「……根據上述理由，我認為你應該跟我交往」，一定不會成功。

但是寫論文禁用訴諸情感的方法。差勁男，你因為太同情電視上看到的黑猩猩，陷入了自言自語的感傷境地。因為殘忍的動物實驗而遭受衝擊，是你認為動物也應該有權利的原因。但這並不構成承認動物權利的根據和理由。能夠成為根據和理由的，只有邏輯上有支持力的主張。不管情感上怎麼動搖，如果不能推動我們的理性運作，就無法當成根據。

事實上，訴諸情感的「論文」非常多。探討動物實驗、恐怖主義、器官移植、虐待兒童等重大議題的時候，我們馬上就熱血沸騰。但正是因為這些問題非常重要，我們必須不訴諸情感來討論。

【鐵則4】論文是為了說服別人而寫的文章，不是青春宣言，也不是愛的告白。要隱藏熱切的心，用冷靜的頭腦取得邏輯上的說服力。

——論文不能抒發自己的感覺嗎？

——論文基本上只能有事實和意見。其實，在某種意義上，寫事實和意見，要比寫自己的感覺簡單多了。小時候在滑雪場的廁所，瞥見眼前有隻大熊的驚愕、恐懼和悲慘；得知初戀情人和班上同學交往時的震驚、屈辱、無奈，和嫉妒相互交織，那一種泫然欲泣的感覺。如果你能把這些感覺好好地用語言表達出來，那很適合當作家。

——我瞭解你的意思，但不要都舉不好的例子可以嗎？

——我說啊，寫感覺要困難多了。所以論文是非常簡單的文章。證據在哪呢？文筆很差的大學老師，論文卻寫個不停，這就是證據。

——原來如此，感覺好像我寫起來也很容易。

——哼哼。那是你的錯覺。

——話說我還是不太清楚原因跟論據的差別，請說明一下。

——即使是論文，也不是不能寫自己的意見。相反地，是一定要寫出自己的意見。假設你的意見是「反對動物實驗」好了。那麼你為什麼會有這個意見呢？因為看到電視上殘酷的一幕遭受衝擊、因為打工照顧實驗動物產生了感情、因為搶走女友的那個傢伙是農學院做動物實驗的，這些都不能寫進論文裡。不管多麼熱切地說明讓你產生這個意見的原因，都不會是你主張應該停止動物實驗的證據。也就是說，那不是論據。

——那什麼才算是論據呢？

——嗯。比方說「雖然動物實驗做了很多，但絕大部分無關緊要，並非必要」、「讓動物遭受痛苦，是對動物權利的侵害」等等，就可以算是論據。

——咦，如果是這樣的話，那這些論據的背後還要有論據吧。

——是的。為了說明現行的動物實驗絕大部分都沒有必要，必須有種種事實的根據：現在做了什麼樣的動物實驗、進行的頻率有多高、目的又是為了什麼。而為了說明讓動物遭受痛苦是對動物權利的侵害，就必須提出動物具有權利的論據。然後，要主張這個論據，就必須說明成為權利的主體需要滿足什麼條件，而因為動物滿足這些條件，所以具有權利……而這又進一步要求要有理論上的根據。

——像這樣，提出論據，再提出論據背後的論據……這樣下去不就沒完沒了？

——哦，反應很快喔。理論上可能是這樣沒錯，但一般來說，大多數讀者都會承認，到某個地方為止就可以不用再提論據了。比方說是聯合國相關機構的調查統計資料，因此大致可以信賴；因為是被視為當然的常識性觀點，所以大家都能接受等等，會在這些地方停下來不用再提論據。如果不是這樣，那所有的論文的篇幅都會變得無限長。因此……

【鐵則5】論文有下列三個基礎：
（一）針對給定的問題或者自己的提問，
（二）主張一個明確的答案，
（三）為了在邏輯上支持該主張，提出事實上和理論上的根據來論證該主張。

這就是論文的定義。既然我們已經清楚地說明了論文的目的，接下來要討論的就是：為了要確實地達成該目的，應該留意哪些事情。

二、寫論文時絕對不能忘記的事

【鐵則6】嚴禁「模糊」和「迴避問題」。

首先，重要的是，提問和回答都必須盡可能明確。像是「你覺得動物和人類的關係是怎樣的呢？」這種提問就太過模糊，無法成為論文的提問，而「動物實驗符合倫理嗎？」就可以。針對提問的回答，一樣也必須明確。總之，要明白說出你是贊成還是反對動物實驗。如果讀到一篇結論不明確的「論文」，讀者會很焦躁。當然，依情況不同，的確會有不是單純非黑即白的問題。但請注意，這個時候還是要盡可能地將附帶和讓步的條件明確地說出來，例如回答「基本上持反對的立場，但下列情況可以破例允許動物實驗」，或者「只允許滿足下列條件的動物實驗」等等。

此外，當被問到「你贊成還是反對〇〇？」的時候，要說「贊成」或是「反對」。而被問「為什麼……」的時候，要說「……，因此」。也就是說，你必須正面回答問題。總之，迴避問題是違反論文的寫作規則的。比方被問「你對於〇〇的意見是？」，卻回答

「對於○○，康德這麼說……」就是迴避；對於「請申論存款保險有金額上限的優缺點」的問題，回答「反正我沒有存款所以怎樣都無所謂」，也是迴避問題。

【鐵則7】不准寫「提問＋主張＋論據」以外的東西。

具體來說，選擇某個主題的背後的原因、自己為什麼會支持某種意見（這部分已經說過了），以及其他的「自言自語」像是回憶、軼事、為什麼無法取得必要的參考文獻和資料的託詞、寫不好的藉口、應酬話（例如「畢竟是哲學，我覺得很難」等等，這種話不用說也知道！），都不能寫進論文裡。而對課程的感想和改進的建議等等，因為老師也想知道，歡迎你寫，但是不准寫在論文裡或是結尾處。請寫在另一張紙上和老師溝通。

【鐵則8】請勿執著結論正確與否。重要的是論證的說服力。

論文的評價標準，大半取決於論證是不是正確。也就是說，重要的只有是不是提出了支持主張（結論）的適當論據。相較之下，結論正不正確，其實並不重要。說得更精確一點，論文的主題，很少會是只有一個正確答案的問題。

假設我熱切地支持廢除死刑，要傾全力支持廢死運動。但是，如果要我比較「電影《在黑暗中漫舞》（*Dancer in the Dark*）裡，碧玉（Björk）受絞刑的一幕讓我淚流不止。我認為人不能奪走其他人的性命，因此我贊成廢除死刑」這樣的「論證」，和「我認為應該維持死刑，因為……」這種有堅實論證的論文，我會毫不猶豫地給後者較高的評價。事實上，結論是什麼，多半並不重要。

【鐵則9】論文是把自己的想法以一般化的格式寫出來。

人們常說論文必須是「客觀的」。的確如此，但是我們對於「客觀的」這個詞不可掉以輕心。「客觀的」的相反是「主觀的」，因此，要讓論文客觀，就應該要主張排除主觀的敘述。例如《寫出勉強及格的論文指南》就建議大家採用下列方式：「我相信這絕對是正確的」→「可以相信這是可靠的」；「這種想法絕對是錯的」→「許多論者認為這種觀點有疑義」，將主觀的敘述更改成「客觀的敘述」。

但我覺得這樣很奇怪。假設只有我認為「這類的觀點絕對錯誤」，其他人都視為當然，只有我想批判該觀點，在這種情況下，「許多論者認為這種觀點有疑義」的說法，不就是說謊嗎？也就是說，把「我認為……」改成「許多論者認為……」，並不會讓主觀的敘述變成客觀的敘述。

我認為，論文所不允許的主觀敘述，並不是以「我」為主詞的語句。那不允許的是什麼呢？不允許的是未提出論據的判斷和主張。

對讀者來說，沒看到論據，只會覺得「哦，是嗎？」如果只寫「我相信〇〇絕對是正確的」，那就是主觀的敘述，因為沒有提出論據。而只寫出「不管誰說什麼，我認為那是正確的，所以正確！」也是一樣。但如果寫的是「我相信〇〇絕對是正確的，因為……」，那就確實提出了〇〇為什麼應該是正確的根據，這麼一來，它就是不折不扣的客觀敘述。

同樣地，有人認為如果在句子裡寫出了自己的價值判斷，那就是主觀的敘述，不應該在論文裡面出現。我認為這種想法也有問題。「黑澤明的時代劇裡，《椿三十郎》比《大鏢客》優異」這句話，有作者的價值判斷。如果這句話突然蹦出來，那就好像說「我比較喜歡《椿三十郎》，你有意見？」，這當然不能算客觀的敘述。但如果你在文章裡提出各種證據，說明應該認定《椿三十郎》比《大鏢客》優異，那麼，放在文章結尾的「黑澤明的時代劇裡，《椿三十郎》比《大鏢客》優異」這句話，顯然就是客觀的敘述了。簡單地說，敘述的客觀性，取決於有沒有適當的論據。究竟是不是用「我」來當主詞，其實並不相干。

如果論文裡不能寫自己的想法和價值判斷，那論文就只能報導事實，或者只是把眾人一致認定的常識抄進去，要不然就只是整理過去學者的著作而已。這樣寫論文就完全失去意義了。論文要的是寫出自己的想法。但要怎麼寫呢？要把自己的觀點一般化這樣來寫。總之，論文是提出「將自己的觀點一般化之後的觀點」，也就是：根據我所提出的證據、理由來考慮的話，每個人都應該和我有相同的看法。

【鐵則10】論文必須能被第三人檢驗。

論文為了達成客觀性，特徵之一就是能夠一般化。瞭解這點之後，達成客觀性還有另一個條件也很重要。那就是：要讓任何一位讀者，都能夠追溯、檢驗論文作者思考的理路。假設論文中寫著「根據統計，九九%的吸菸者有施加家庭暴力的經驗。因此……」，這看起來的確像是論證的格式。但是，如果讀者想著「這個數據是真的嗎？」卻沒辦法檢驗的話，那你就是圖自己方便，捏造出合適的統計或調查結果。照這種作法，你愛怎麼為自己偏好的主張「論證」都可以。

或者你只寫出「康德認為，作為理性動物的人類，應該考慮動物的幸福。這是最基本的定言令式的一部分」（我胡扯的，康德並沒有這麼說），那麼讀者即便懷疑「咦，康德有說過這話嗎？寫在哪裡？」，也沒辦法檢驗。如果允許這種寫法的話，你就會肆無忌憚地亂寫。

總之，論文必須要讓第三人能夠檢驗，而這就是論文必須有客觀性的另一個意義。明白指出自己使用了那些資料（調查、統計、文本、先行者的論文），並且說明資料的來源、在文章的哪裡用上了哪些資料，讓讀者有必要的話都能檢驗。這些在論文裡都必須明確地寫出來。論文裡引用和列舉參考文獻的方式為什麼會有繁瑣的成規，就是這個原因（請參考第九章）。

——嗚哇！超麻煩的。即使出的題目是「你認為是否應該承認動物有權利？請自由發揮你的看法」，也一點自由都沒有嘛！說「自由發揮」是騙人的呢。

——你說得沒錯，正是如此。如果你把「自由發揮」的「自由」理解成「請自便」的話，說自由發揮就是騙人的。

【鐵則11】照字面上的意思理解「自由發揮」的人，是呆瓜。

我說差勁男啊，就算是你，從小學就開始的「作文教育」裡，應該也可以體會自由發揮是騙人的吧。比方說，「請自由地寫下校外教學的回憶。」「寫什麼都可以嗎？」「是的，想到什麼就直率地寫出來。」假設有人把老師的話當真，寫出底下的作文：

「校外教學的最後一天是在東京迪士尼樂園自由活動。我住美國的時候，去了佛羅里達和加州的正統迪士尼好幾次，所以覺得東京的有點……。跟佛羅里達和加州的不一樣，灰撲撲的天空下，一大群穿著骯髒運動服的學生聚在一塊，感覺說不出的奇妙。同學起哄說『這會是一生的回憶』，我卻覺得很廉價，謝謝不用了。」

——這再怎麼說也不行吧。

——為什麼？這明明是想到什麼就寫什麼啊。

——不對，再怎麼說是「自由發揮」，也會有壓力或是默契只能寫像是「真愉快！上中學遇到許多知心的朋友真棒。謝謝大家！」這樣的吧。

——對吧。所以，就算說「自由發揮你的想法」啦、「寫什麼都可以」啦，寫論文還是必須滿足論文的最低條件。但是論文跟校外教學的作文不一樣，論文的成規主要是針對文章的寫作方式和格式，它不會限制內容和作者的觀點。希望你能理解這一點。

那麼「論文請自由發揮」是什麼意思？

——都已經有這麼多成規了，那論文「自由發揮」的「自由」是什麼意思？

——嗯。就「你認為是否應該承認動物有權利？請自由發揮」這個例子來說，「自由」指的是：首先，你的結論不管是「應該承認」或是「不應該承認」都沒有關係。接著，你要根據至今考慮過該問題的哪位學者的說法都可以，或者反過來，你要批評哪個學者也都沒關係。自由也是指自己去探究的意思。不管是什麼資料，亦即不論用上什麼統計或調查結果都可以，重點是要自己去找。只要用的是自己蒐集到的資料，要怎麼樣論證自己的主張都無妨，只要稱得上是論證就行。這也是自己要去思考的。

然後，靠一己之力做出來的作業，將它轉成一般化的格式，也就是整理成別人可以檢驗的格式。自己在文章裡呈現出來的觀點，請自己負責。如果內容有錯誤，被人說「這裡錯了吧，呆子！」的是你自己，而自己想出來的「論證」如果不能恰當地支持主張，會被說「根據你提出的證據，是如何能推到這裡？腦子有問題嗎？傻瓜！」大家會認定，你的粗心，必須由你自己來負責……自由也有這種意思。

——說是自由發揮，其實反而很難啊。

——這正是自由自古以來的問題不是嗎？不過就像我說的，寫論文是把自己的想法以一般化的形式提出主張，某種意義上是非常傲慢的行為，就像對別人說：「喂！你！還有你！你們如果腦筋清楚的話，就一定得接受我的結論！」因此這部分的責任會一直如影隨形地跟著你。如果沒有承擔這個責任的勇氣，那你一生就與論文無緣了。

——我如果不寫論文也可以活下去，那有什麼關係？

——……喔。的確，讓別人認可自己想法，不光只有寫論文這條路。利用對方的恐懼感來威脅，或者訴諸情感苦苦哀求也可以。利用對方的無知用騙的也行。

——洗腦也是種方法吧。

——說得極端一點是這樣沒錯。但是呢，如果傳達自己的想法，得付出讓人害怕、同情或怨懟的代價，有另一條路不是更好嗎？那就是訴諸對方的理性來說服。而且我偏愛這種方式。為什麼呢？因為只有這種方式，才是把對方跟自己擺在對等的地位。

——原來如此，同意，同意。話說回來，剛才老師對我做的，是威脅？還是洗腦？

【練習問題2】

（一）下列的文章都不是論文。想想看是哪裡跟論文不一樣？

①新聞的專欄（例如朝日新聞的「天聲人語」等等）；②讀書感想；③電影手冊上的「簡介」。

（二）從第一章差勁男的「論文」裡，刪除所有本章所說的「寫論文不能做的事」。結果會很可怕喔。

——蛤！只剩下這一點點嗎？

——因為你寫的不算論文啊。

第三章　寫論文也必須要有計畫

漫畫家泉昌之有個傑作叫《計畫君》。計畫君是個怪傢伙，他生命的意義就是徹底消除生活上白費工夫的事。搭火車的時候，他總選到站時會離樓梯最近的那個車廂搭，因此連要站在哪裡等車都事先決定好了。就連吃便當配菜的順序，他也都預先安排好。因為這種作風，他的異性緣不好。計畫君的對手「豪爽男」則人氣很旺。對於計畫君的仔細安排，豪爽男只說了一句「無聊」，全都不屑一顧。

在論文寫作上，豪爽男應該會這麼說：「你說什麼？《論文教室》？少臭美了！男子漢大丈夫，有什麼不吐不快，就放情說出來，讓句子像怒濤迸發。不是的話，就閉嘴不用說了。讀這本書，照它所說的一點一滴練習寫論文，不管怎樣都說不出靈魂深處的心聲。你看，讀手冊辛辛苦苦寫出來的論文，不管寫不寫，都只不過是論文而已。還不如一篇都不要寫，退學怎麼樣？很豪爽吧！哇哈哈……。」

一、寫論文的時候，當豪爽男有點慘

……豪爽男不錯耶。老師你都說寫論文是為了培養思考能力，講得一副很了不起的樣子。但是實際的指導，都是像「你喔，這裡不是冒號（：），是分號（；）」這種小事，吼！格局實在有夠小的，很丟臉耶。……所以我現在覺得，像豪爽男那樣的指導老師很棒。

——老師，我論文寫好了，請過目。

——疲勞。……（讀了一遍，突然把它哧哧哧撕碎）

——啊！做什麼啦！不喜歡我寫的嗎？

——哪有什麼喜不喜歡的，只能說是看了眼睛都會爛掉的差勁論文。

——那是哪裡需要改進呢？

——笨蛋！論文不是教了就會寫的東西！快去給我掃研究室！

啊……嚇呆了。……不是讓你發呆的時候！總之我要說的就是這些。

【鐵則12】寫論文的時候，要採取不太瀟灑的計畫君路線。

差勁男在交作業之前什麼都沒做，前一天才突然把電腦開起來寫。這很有豪爽男的風格。差勁男的句子應該會「像怒濤迸發」，不過，只要辛格的靈魂沒來附身，這種事就不可能發生。馬上就吃大丙了。

漫畫裡的豪爽男很性格，但是在寫論文這件事上，豪爽男就只是個傻瓜。因此，即使我們在人生的道路上可以追求豪爽男的風格，但至少在論文寫作上，跟隨計畫君會比較好。本章要說的，是該怎麼按照計畫君的方式，做寫論文之前的準備。

二、〔計畫之一〕要充分理解題目的主旨

請再回到第一七頁，確認老師出給差勁男的四個題目。……確認好了嗎？好了的話我們就繼續。

——差勁男你選第（三）題是自尋死路。

——因為（三）只要寫自己的看法就好，本來覺得應該可以交差的。我太天真了。

——知道為什麼失敗嗎？

——如果平常就會想動物權利的事情的話還好，但因為從來沒想過，所以不知道要寫什麼。我想是這樣。

——嗯。這個作業，題目的數字越大就越難。連這點都沒看清就是失誤。其中熬一晚勉強就可以交差的只有第（一）題。這題一定是老師想給像你這樣的學生學分，才通融出的放水題。

我們來區分一下論文題目的幾種類型。知道作業題目屬於哪一類是很重要的。題目的類型決定了論文的目的與結構，也會影響論文寫作的計畫。

論文題目可以分成四種類型。

·報告型題目

（A）閱讀報告

（B）調查報告

·論證型題目

（C）論證給定的提問

（D）論證自己的提問

第一七頁的第（一）、（二）、（三）、（四）題，各自對應到這裡的（A）、（B）、（C）、（D）四種類型。裡面最困難的，當然是第（四）題，也就是論證型題目中的論證自己的提問。而畢業論文，可以想像成是這個題目變大，成了龐然巨物。

——老師你在第二章說過，論文必須有「提問、答案及論證」對吧。那如果只是閱讀和調查後寫報告出來，應該不算是論文吧？

——你說的沒錯。所以這四個裡面，能夠稱得上是論文題目的，只有（三）和（四）。報告型的文章就叫「報告」比較好。不過，不管是什麼樣的論文，為了要幫自己的主張提供論據，都必須調查各種資料或統計數據，並且整理先行的研究以及想要批判的主張。

——也就是說，就算要寫第（三）或第（四）題，還是得做像（一）或（二）的事前準備工作對吧？

——是的。差勁男你今天理解力特別好呢。（一）本來就是寫論文必須做的準備，老師甚至還把要讀什麼都告訴你，是很輕鬆的題目。假設你今天決定要寫最困難的第（四）題好了，我們來看看寫作之前必須經過哪些步驟。因為（一）、（二）、（三）都可以說是（四）的一部分，我們只看第（四）題就好。

三、〔計畫之二〕尋找、閱讀那些可以概覽主題的資料

——果然，平常沒有問題意識的話是不行的呢。

——嗯，的確不容易。常聽人說「現在的學生都沒有問題意識，真是豈有此理！要有問題意識！」不過我覺得，這就像對蛞蝓說教「你們看到蝸牛有房子不覺得丟臉嗎？有志氣一點好嗎！」一樣。問題意識並不是想要有就可以有的東西。而且世界上到處都是問題，如果對每一個都有強烈的問題意識，那絕對吃不消。所以寫論文重要的，並不是有沒有問題意識，而是能不能假裝有問題意識。

——哇，那樣可以嗎？

【鐵則13】比起思考怎樣才能有問題意識，不如思考捏造問題意識的方法。

——題目是自由地申論生命倫理的相關議題對吧。你打算怎麼做？

——嗯，是先找幾本簡單的書來看嗎？

——沒錯。大概就是先找書名是《生命倫理學入門》之類的「新書」、百科全書[1]，或是哲學辭典裡的生命倫理條目吧。如果你有認真上課的話，也可以參考上課筆記。

——啊，那我沒有啦。

——是嗎。……讀了「新書」的話，大略就可以知道生命倫理這個領域有哪些問題，人們又提出了哪些想法來當成解決方案。要捏造自己的提問，必須要先有這些知識。所以題目一出出來，當天應該就要去圖書館或書店找本「新書」回來，然後趕快讀完。

圖書館的利用方法

尤其是圖書館，它是你寫論文的好伙伴。圖書館不只存放了大量的書籍，最近，尤其是大學裡的圖書館，為了幫助學生們學習，想了很多方法。其中之一是「Pathfinder」，就是「路標」的意思。圖書館裡有滿坑滿谷的書籍、期刊及其他資料，要從中找到與自己的論文主題有關的資訊，實在是件苦差事。Pathfinder 可以告訴你不同的主題有哪些參考資料，它多半都可以從大學圖書館的網頁連進去。比方說搜尋「生物多樣性」的話，它就會從這個詞的意義開始顯示，然後是圖書館收藏的相關書籍、期刊及新聞報導、錄影帶、DVD，直到網路上的報導等等資料為止。因為 Pathfinder 還在發展階段，並不是上述所有的項目都齊備，但是對剛學寫論文的人非常有幫助。

譯註

1 「新書」是日本書籍出版的分類之一。「新書」的尺寸略小於 B6，內容屬於非小說類，包括文化評論、較淺顯易懂的學術討論，以及生活實用建議等等。「新書」始於岩波書店在一九三八年開創的岩波新書，目前日本各大出版社仍持續出版新書書系的書籍。

百科全書的利用方法

如果你在大學圖書館的 Pathfinder 上找不到想要的資訊，那請到圖書館的參考書區。參考書區有許多辭典、百科全書及專業領域的辭典，可以用來尋找論文的素材。因為既花錢又佔空間，現在已經沒有在家裡備齊百科全書的人了。圖書館既備齊了各種百科全書，還能免費使用，沒有不用的道理。但是查百科全書的時候必須注意幾件事情。

（一）**尋找相關的條目閱讀**。現在要知道的不是單一個條目的意義，而是要大致瞭解某個領域的狀況。因此，必須大量閱讀相關條目，就像以下的順序：首先找「生命倫理」或是「動物解放」的條目來讀。通常條目的最後會有「推薦閱讀」的相關條目，例如「辛格、器官移植、……」，請讀這些條目。重複該步驟幾次，就可以大致掌握這個領域的重要條目。

（二）**活用索引**。有時候會找不到想找的詞彙，這時候索引就很有用了。冊數很多的百科全書，最後一冊通常都會是索引。就算你想找的詞彙在百科全書內沒有獨立的條目，索引也會讓你知道相關的條目是哪些。把這些條目一個個依次讀完，就能獲得系統性的知識。如果你的電子辭典內附百科全書，關鍵字搜尋可以替代紙本百科全書索引冊的功能。在關鍵字搜尋的地方鍵入「生物多樣性」，會顯示「聯合國環境與發展相關會議（地球高峰會）」、「生物多樣性公約」，以及日本環境省的「地球環境基金」等相關條目。

（三）**知悉參考文獻**。百科全書通常在每個條目的最後，會列出參考文獻，那多半是這個項目最基本的文獻，因此它也告訴了你有哪些該讀的書。

因此，只要熟悉百科全書的使用方法，就可以獲得許多知識。但請不要忘記，百科全書能給你的，只是最低限度的知識。你要從中得知基本的文獻、誰是重要的人物、以及某條目與其他議題之間的關係。使用百科全書時，請記住這些重點。

網路上的資訊的利用方法

——不能用維基百科嗎？

——在寫論文之前，只要是為了大略瞭解某議題有哪些問題的話，當然可以使用。而且它也很方便，手按一按就能連到相關條目，它可以擴展你的知識。

——你剛說「只要是……的話」，是說不要用在其他用途上比較好嗎？

——是的。當論文裡論證一件事需要論據或出處的時候，我認為維基百科還不能當作引用文獻來使用。但維基百科今後會越來越好也說不定。

——它不能信賴嗎？

——嗯，雖然各條目的程度不一樣。這裡就有台電腦，你分別用日文版跟英文版查同一個詞看看。

——啊，英文版寫的長很多，圖也比較多。

——這些連小學生都看得出來的事就不用說了。再仔細看一下。

——還有什麼不一樣的地方嗎……啊，英文版有很多註釋，日文版幾乎都沒有。

——對吧！英文版的註釋都寫些什麼呢？

——寫的內容好像很多，沒辦法一下子讀完……。是出處，寫的好像是書名和頁數。

——你好像常常用維基百科，但是你看過它的編輯方針嗎？

——沒看過那種東西。

——我想也是。不過讀一次看看無妨。其中的一個方針是「只寫可以驗證的內容」，裡面寫道：「編輯百科全書的時候，為了寫出好的條目，應該只列舉廣受信賴的出處所公開發表的事實、聲明、學說、見解、意見，以及論辯。充分地理解這點，是寫出好的條目最重要的秘訣之一。維基百科的目標是成為一個可以完全信賴的百科全書。書寫條目的時候，要讓讀者和其他編輯能夠驗證內容，使用 reliable sources（可以信賴的資訊來源）時，應該明確列出出處。」日文版並沒有徹底地貫徹這個方針，因此，至少日文版還不值得信賴。

——是說寫論文的時候不能使用維基百科的條目嗎？

——這要看你說的「使用」是什麼意思。把它當成剛才說的 Pathfinder 來用的話，是沒問題的。但是如果要把它當成議論的論據或是根據，就得注意了。應該盡可能地利用維基百科條目的原出處，例如它引用的書籍等等。比方說維基百科有關天文方面的條目，裡面引用了日本國立天文台或者美國國家航空暨太空總署（NASA）網頁的條目好了。在這種情況下，原出處（稱為一手來源）比維基百科更可以信賴，因此應該使用原出處的條目。

——感覺很麻煩耶，用維基百科輕鬆多了……。

——我說啊，你是大學生吧，大學生在過去可都算是「知識分子」呢。做知識分子不是要你們用維基百科來讓調查省事的吧。你們該做的，是活用自己學得的專門知識，成為維基百科的作者，讓它變得更好，不是嗎？

【利用網路資訊時的注意事項】

（一）對照日文版與英文版等各種資訊來源，確認真偽。

（二）越接近一手來源（公家機關、研究機構的網頁、書籍、論文）的資訊，越能夠信賴。

（三）列出出處的網站比較可以信賴。

總之，必須在權威主義和懷疑主義之間取得平衡。

四、〔計畫之三〕為了捏造問題，再讀一次基本資料

所謂應該探討的「問題」，是指什麼呢？「問題」這個詞非常棘手，因為看起來像問題的，可能並不是問題。「XXX是什麼？」就是這種情況。你會想，咦，明明就是疑問句，那不就是問題嗎？但事情並非如此。如果「XXX」是意義很廣的詞彙，看起來就會像是個問題。該詞彙的意義越廣，看起來就越像「哲學的」問題。我們來試試看。

「權利是什麼」、「藝術是什麼」、「生命是什麼」、「我是什麼」、「時間是什麼」……乾脆來個廣泛的提問「存在是什麼」好了！太棒了！這很哲學吧！但這不是該高興的時候。這問題是能用「存在是什麼？存在是……」這種方式回答的嗎？雖然書名像這樣的書在書店裡比比皆是，看起來很了不起，但你不可以認定那是認真的高級問題。你應該把它們看成是把很多問題聚集起來，下了一個大標題。

比方說，要能回答「藝術是什麼」的問題，非得先回答下列無數個小問題不可：「如果不美的話就不是藝術嗎？」「原作和複製品有什麼不同？」「藝術的價值是文化上相對的，還是超越文化而普同的？」「小便斗放到美術館就會成為藝術品嗎？」「花了十億圓買了這個小便斗，我是笨蛋嗎？」……。這完全不是一篇論文或一本書就能回答的問題。

簡而言之，如果你找到了一個長得看起來是「XXX是什麼」的問題，它其實就是你還沒找到問題的證據。針對「XXX是什麼」這種模糊的擬似問題，你寫報告的時候

就會寫出「XXX是什麼呢？廣辭苑說……」這種東西。可怕的是，你的老師們出的論文題目，常常也是類似的擬似問題。「試論國際化的意義」、「針對科學的意義，自由地發揮」這類題目十分拙劣，因為它們太過模糊無從回答起。把這些廣泛的問題轉變為可以寫成論文的小問題，就成了學生的責任。往好的方面想，你的老師們出題的時候，題目已經包括了分解問題的這一部分。

那麼，寫論文時要怎麼找大小適中的問題呢？

建議你先讀「新書」，「新書」當天就可以讀完。比方讀生命倫理學的「新書」，就可以大致上瞭解生命倫理學討論的議題有哪些。讀完以後再讀一次，可以讀同一本，也可以拿相同主題的不同本書來讀。反覆閱讀不是要你們體會「讀書百遍，其義自現」的道理。讀第一次是為了瞭解該領域的梗概，第二次的目的不一樣，說得通俗一點，是為了尋找論文的「哏」。

由於已經大致瞭解生命倫理這個領域的梗概了，因此不需要緊抓著一個個論點。第二次閱讀是為了尋找底下幾個需要查核的地方。

【需要查核的地方】

（一）（恍然大悟）找你讀了以後覺得原來如此，「恍然大悟」的地方。

（二）（強烈同意）找你讀了以後覺得沒錯沒錯，我老早就這樣想了的這種「強烈同意」的地方。

（三）（無法苟同）找你讀了覺得奇怪，不瞭解書上為什麼這麼說，你「無法苟同」的地方。

（四）（強烈反對）找你讀了以後覺得這什麼跟什麼啊，你絕對不認同，「強烈反對」的地方。

四種裡面找到任何一種都很棒，它會提示你去發現論文的主要提問。

與其用紅筆劃線，不如使用便箋

——對了，讀書的時候，應該要邊讀邊劃線對吧。

——那要看個人。我的話會覺得邊讀邊劃有點俗氣，不太喜歡。以前我在附近二手書店買的哲學書裡頭，很多都整整齊齊用直尺劃了紅線，而且幾乎每行都劃線。大概劃線的人發現這是白費工夫，這些書一定在十幾頁以後就沒劃線了。覺得這樣很遜。

——應該是覺得都很重要，所以不知不覺中就全都劃線了吧。

——或許吧。讀書的時候，覺得有興趣的地方劃紅線、該領域的基本事物和概念劃藍線、自己不知道不瞭解的名詞劃綠線，這麼一來一定滿滿都是線，最後連哪裡重要都不知道了。我建議不要劃線，改用便箋。

——「便箋」是什麼呢？

——商品名是「便利貼」。它是細長條的紙，一端有膠，可以自由貼上撕下。拿它貼在剛才的「需要查核的地方」吧。我的書桌上擺滿了貼了便箋的書，感覺就是正在做研究，很帥。

——總之就是「讓你看起來知性十倍的男性必備小物，使用便箋女友GET，終極的自我流自我演出術」對嗎。

——你真的無聊雜誌看多了吧。

五、〔計畫之四〕把提問恰當地格式化

對於自己提問的論證型問題，這一點是最重要的。不管是「恍然大悟」、「強烈同意」、「無法苟同」或「強烈反對」都好，選一個對自己來說衝擊最大的主題，然後把這個主題提煉成論文的主軸「提問」。這個步驟稱為「提問的格式化」。

如果在這個步驟上偷懶，會發生什麼事呢？缺乏這個步驟的話，你好不容易才找到你強烈同意的話題，卻只能說出「根據《生命倫理學入門》，應該是如此這般云云，我也完全同意這個意見。結束」這種話了。現在要做的，是缺乏問題意識的你，絞盡腦汁去找出可以成為論文的哏的問題。這必須要有相應的方法。該怎麼做呢？

假設《生命倫理學入門》一書談動物解放的地方，介紹了辛格的主張：應該承認高等動物有權利。如果你「強烈同意」辛格的觀點，那麼論文主題的格式，就會是「是否應該承認動物有權利」這個問題，這也是你的論文的中心主題。這麼說起來，老師出的第（三）題已經幫你把格式都弄好了，因此它比第（四）題來得簡單多了。

如果你發現無法苟同的地方，那更簡單了。畢竟就是因為無法認同別人的想法，才迫使我們進一步去思考。比方說你看書發現，辛格擴大了動物的權利，卻不承認腦死者和胎兒有權利。這是為什麼？一邊的權利擴大了，另一邊卻縮小了，這不是前後矛盾嗎？……等等，你會覺得這兩者之間有關係，而這樣就可以成為論文要處理的問題。在後

面的第二篇，我會詳細地解說從模糊的問題意識發展到「提問」的過程。

請務必記得，如果找到了不錯的書，即使只是「新書」的程度，透過反覆地閱讀尋找「需要查核的地方」，也可以清楚地得到問題。你為了整理授課的內容所寫的論文，它要處理的主題都已經預先設定好了，而且該領域往往也有鳥瞰式的概覽書籍，因此，透過上述方法，就可以從中想出問題。

鎖定畢業論文的問題之方法

這裡我想岔個題，討論該怎麼找出畢業論文的問題。似乎有很多學生認為，因為是畢業論文，所以一定要寫出跟以往修課寫的論文不一樣的長篇論文。同學們因此都提出非常大的問題，覺得如果不這樣，再怎麼寫也寫不滿一百張稿紙。但這裡有個陷阱。就我的經驗來說，提了大而無當的問題的學生，寫出來的多半都是很糟糕的論文。

同學大多會認為，因為是妝點大學生活尾聲的論文，反正都要寫的話，就努力地寫吧！**但重要的是，要把問題縮小到會覺得「咦，問題這麼小，可以嗎？」的程度**。問題縮小了就可以持續地深化，一直深化下去，反而可以擴展。才一百張稿紙什麼的，簡直是太容易了，會寫到不夠寫呢。相反地，如果是模模糊糊的大哉問，最後會什麼也寫不成，非常地辛苦。底下我列出一定會寫成差勁論文的問題模式，請大家注意。

（一）用一輩子也無法回答的大哉問

・「近代是什麼樣的時代」

・「我是什麼」

・「權利是什麼」

（二）恐怕無法著手也沒有研究方法的問題

・「現代年輕人文化的特徵是什麼」

・「未來的流行音樂會變成什麼樣子」

……你們想找最流行的話題，這心情我懂，但這種話題既沒有先行的研究，它本身又是變動的，以你們的力量是沒辦法研究的。

・「日語的起源」

・「味噌鍋燒是怎麼來的」

……探查起源的研究有多累，你們知道嗎？

（三）原本大概就沒有答案的問題

・「暢銷商品有什麼特徵」

・「有效的廣告是什麼」

……如果可以知道這些事就好辦了。大概是徵才活動的影響，對於這些像是管理顧問的問題有興趣的人很多。但這跟畢業論文沒關係。

・「網路社會中應該怎麼構築更好的人際關係」

……「更好的人際關係」對不同的人來說是不一樣的。

（四）一年寫不完的問題

・「黑格爾哲學研究」

……讀完他的主要著作就要花上一輩子了。

・「如何克服現代教育的問題」

・「戰後次文化的開展」

……必須再把時間和文類的範圍縮小。

對於沒有研究經驗的你們而言，要判斷怎麼樣的主題適合寫論文，大概會很難。所以必須常常找教授討論。事實上，指導畢業論文的時候，時間一般都花在把問題縮小上。

【鐵則14】畢業論文的完成，有九九%都取決於能不能鎖定問題。

六、〔計畫之五〕為了解決問題所進行的調查

以上說明了「為了找問題而讀書」的步驟。簡易的「新書」和百科對此很有幫助。

接下來要討論的則是「為了解決問題而讀書」的步驟。要解決問題，就不能只依賴「新書」

或百科，必須找到更深入的資料，查閱專業書籍、期刊，或者是原典。底下傳授這方面的秘訣。

想要解決自己的論文提問，必須找哪些資料呢？以動物解放來說，由於辛格應該是重要人物，如果是關於辛格的論文應該會有幫助。此外，也要看反對者所寫的論文。對了，在此之前必須先調查反對者是哪些人。然後為了讓陳述能夠具體，關於動物實驗現況的資料也希望能派上用場……如此範圍慢慢就擴大了。

會有一本把這些問題全都解決了的書嗎？沒有。蒐集資料時要有心理準備，裡面有些是派不上用場的；連很專業的資料也要廣泛地蒐集。但這個時候，盲目地拼命蒐集並不是上策。底下提供幾個秘訣。

正規的文獻蒐集的秘訣

（一）首先連進大學圖書館的網頁，裡頭應該都有資料庫的搜尋連結。選擇適當的資料庫，在書名、關鍵字或作者欄鍵入「生命倫理」或「辛格」等等。

（二）或者，圖書館一定有參考書區，那邊會有《日本著者名總目錄》、《出版年鑑》、《日本書籍總目錄》這類書籍型的目錄。

（三）如果你的大學圖書館找不到你要的書，可以透過館際合作從其他大學圖書館取得。利用國立情報學研究所製作的資料庫CiNii Books（http://ci.nii.ac.jp/books），只要一次搜尋就知道哪個大學圖書館有什麼書。[2]

（四）專業期刊（學會刊物）或準專業期刊（以思想領域來說，像是《現代思想》或岩波書店出版的《思想》）裡面，會有「生命倫理」或「動物權利」等等的專輯。這類專輯會收錄好幾篇深度探討的論文，非常有幫助。首先要找找是不是有這個議題的專輯。……說是這麼說，但是一下子就要看專業期刊，難度很高。因此先從準專業期刊著手，它們很容易取得。本書的附錄列了推薦期刊的名單。

（五）書本可以用書名搜尋，那期刊的文章怎麼搜尋呢？不用擔心，圖書館參考書區的《期刊文章索引》是你的好伙伴，它可以讓你知道專業期刊上所有文章的標題、作者、頁碼，以及刊登的期刊。網路上則有國立情報學研究所的CiNii Articles（http://ci.nii.ac.jp），在家裡用電腦也可以立刻搜尋到像「嗯，立花隆有沒有寫什麼關於動物實驗的文章呢」這樣的資訊。先用網路查出可能有幫助的論文，然後再到圖書館找來影印。

譯註

2　在台灣可利用全國圖書書目資訊網（http://nbinet.ncl.edu.tw/）。

（六）透過這樣的搜尋，馬上就累積了大量的論文，或許書桌上的文章影本已經堆得和山一樣高了。你會因為懷疑是不是全都要讀而感到不安吧。這也是我們研究者的煩惱。這裡我們可以依賴「摘要」。大多數的學會刊物，在每一篇論文的最前面，會將論文的大要整理成短文（摘要）。只要閱讀摘要，就可以判斷該篇論文是不是用得上。

（七）可能有人覺得期刊這種舊媒體太土氣了。現在是網路的世界，只要上 infoseek、yahoo、google 愉快地鍵入關鍵字來搜尋，就會有很多資訊。……嗯。如果你也這樣覺得，那可以搜尋「動物權利」看看。你會發現有數不清的網站。你有辦法判斷裡面哪些是可以信賴的資訊，又有哪些是垃圾嗎？如果有一定程度的知識，縮小範圍以「邊沁」（Bentham）或者「功利主義」為關鍵字來搜尋，或許可以找到比較正經的資訊。但是因為你的知識不夠，網路對你來說，簡直就是資訊的迷宮。

光是文獻資料的搜尋法就可以寫一本書了，因此我先談到這裡。書末也列了關於搜尋法的參考書籍，請參考附錄。

【練習問題 3】

這個問題是實作練習。搜尋 CiNii Articles 網頁，做做以下的調查。

（一）關於福島第一核電廠的事故，有個叫後藤政志的人，好像注意到反應爐外殼的問題，寫了一些文章。文章的標題是什麼，又刊登在哪個期刊上？

（二）青土社出版的期刊《現代思想》，有沒有關於日本東北大地震的專輯呢？是哪年哪月出版、第幾期呢？

（三）有沒有誰寫了電子書在韓國的情況呢？

「調查」的陷阱

寫畢業論文的時候，必須做更嚴謹的調查。有些人需要做問卷或是訪談。不過，很多人把這些資料蒐集的方法想得太簡單了，其實心理學有心理學的，社會學也有社會學獨特的調查方法。要做畢業論文程度的調查，必須閱讀各個領域正規的調查方法論教科書。我底下要說的，則是不管對於什麼領域都很重要的重點。

首先，請閱讀附錄介紹的《「社會調查」的謊言》（文春新書）一書。讀了這本之後，就不會把蒐集資料的「調查」想得那麼容易，你將體悟到，不好好研讀調查法會一敗塗地。比方說你找到周遭的朋友填了問卷，但這並不是有價值的資料，因為如果不以某種隨機的方式取樣，資料就沒有意義。此外，調查方法本身也會產生取樣的偏誤。比方說用手機簡訊發送問卷，問受訪者「是否經常使用手機簡訊」，得到的一定會是肯定的答案。另外，如果在訪談的時候誘導受訪者往某個方向回答，這種資料也不能信賴。

七、師盡其用

——事實上，在這個階段，老師的建議是最有幫助的。你，應該說你家裡花了很多錢繳學費吧。要盡可能有效地利用老師，至少要把學費賺回來。……雖然我這麼說是自討苦吃。

——要問老師什麼問題好呢？

——像是有什麼資料和必讀文獻等等。但是空手去找老師可不行，要帶上禮物。

——小月餅之類的嗎？

——我個人比較喜歡 MOROZOFF 的巧克力蛋糕。……開玩笑的。我說的禮物，指的是「到目前為止你自己做了什麼事」。比方說你帶一本「新書」來問：「我想寫動物權利的問題，這本讀完以後要讀哪一本？」「我知道辛格是動物權利問題的代表人物，那可以推薦一篇說明辛格動物解放論的論文嗎？」老師們最不能抵抗這種問題了，會說「嗯，你做了不少調查呢，那接下來讀這個」，說不定還會給你期刊文章的影印本。老師問「那你想寫什麼呢」，說得正起勁時，搞不好連論文的想法都會提供給你。

——原來如此，感覺這樣的學生超優秀的。

第四章　論文是「套上格式」的文章

索可的惡搞論文

在前面第二章，我把論文定義為有「提問、主張及論證」的文章。如果有個蹩腳的街頭表演者唱著「我走到你跟前，渾身僵直。因為你凝視著我，眼瞳散發百萬伏特光芒。喔喔喔……」，那沒有人會說「哇，有提問、主張及論證，是篇好論文」，因為這首歌並不具備論文的格式。也就是說，就像論文可以從內容上和其他文類區分一樣，論文也可以從格式上和其他的文類區分開來。我這麼說可能會有人誤解，不過，「論文」可說是種文章格式的通稱。

正因如此，世界上才有所謂的「惡搞論文」。它的內容亂七八糟，但格式上卻符合，看起來就像是篇論文。這種惡搞論文，有時候會成為強大的武器。

你知道「索可的惡作劇」（Sokal's Hoax）事件嗎？索可是紐約大學的物理學家。他曾在尼加拉瓜桑定政權下擔任義工，教授數學，是個堅定的左派。另一方面，美國的大學裡有被稱為「學院左派」或「後現代主義者」的人文學者，他們並不完全瞭解像哥德爾不完備定理（Gödel's Incompleteness Theory）或是量子重力（Quantum Gravity）這些看起來很困難的概念，卻拿它們來妝點自己的論文。對索可來說，這完全是玩弄、空談理論，他們壓根就不想處理現實的問題。

索可因此想開個玩笑。他把一篇名為〈逾越邊界：朝向一個量子重力的轉換詮釋學〉（Transgressing the Boundaries: Towards a Transformative Hermeneutics of Quantum Gravity）的惡搞論文，投稿到後現代主義者的核心期刊《社會文本》（*Social Text*）。這篇論文只是用最先進的科學概念，裝飾後現代主義者鍾愛的主張，然後一直複述而已，內容完全是胡扯。可笑的是，這篇「論文」通過了審查，於一九九六年刊出！索可在另一個期刊上揭穿了自己的惡作劇，揶揄後現代主義者面對學問並不真誠，批評他們穿著國王的新衣，自己騙自己。惡搞很可怕的！

這個事件，對於科學與社會的關係、「理組」與「文組」的關係，以及學者面對學問是否真誠的現狀等等問題，有很深刻的意義。有興趣的話，可以把索可的《知識的騙局》（岩波書店，與伯里克摩〔Jean Bricmont〕合著）和金森修的《科學戰爭》（東京大學出版會）這兩本書一起拿來讀。[1]

話說回來，在本書的脈絡下，索可事件的重要啟示是：「論文」之所以可以惡搞，是因為它的格式。

一、首先要從模仿開始

——差勁男，你煩惱「論文寫不出來」，一半是因為你不瞭解論文的內容要寫些什麼。另外一半，則是因為……

——因為不知道論文這種文章的格式是什麼。

——沒錯，所以才寫不出來。是的，我就用這一點來定個鐵則。

【鐵則15】論文是具備論文格式的文章。

——論文的格式要怎麼學呢？

——我直接說吧，就是透過模仿。

——咦，那不就是第一章說不能做的剽竊嗎？

譯註

1 《知識的騙局》繁體中文版由蔡佩君翻譯，二〇〇一年時報出版社出版。

——模仿內容算剽竊沒有錯，但這裡模仿的只是格式而已所以OK。因此，你應該把期刊上看起來很正經的論文擺在手邊，寫的時候一邊參考它的格式。首先寫這個……，然後再陳述那個……，接下來這麼引用……，就像這樣子。

——我真的有辦法模仿學者們寫的文章嗎？

——出乎意料地簡單，因為規矩的論文一定會嚴格遵守論文應有的格式。對了，你跟朋友聚會喝酒的時候，會玩模仿職棒選手打擊姿勢的遊戲嗎？

——像是模仿鈴木一朗嗎？

——沒錯。為什麼可以模仿呢？因為鈴木一朗的打擊姿勢做得很到位。不過像你同學鈴木的打擊就不太能模仿。

——因為他的姿勢比較隨便，應該說根本談不上姿勢。

——沒錯，你很機靈呢。這個姿勢就是「格式」。

【鐵則16】要學會論文的格式，首先要模仿。

說得做作一點，就是不曉得哪裡聽來的「真正的創造力始於模仿」這句話。接下來就請各自端詳真正的論文，去學它的格式吧。各位，後會有期。

二、論文的構成要素有五個

……。果然不能在這裡就說再見啊。接下來，我就來說明論文的格式是什麼吧。最後，我也會稍微討論一下根據格式來寫作的意義是什麼。

雖然不甘心還是教你吧！論文依序有底下五個構成要素。

（0）標題、作者姓名、作者所屬機構
（1）摘要
（2）正文
（3）總結
（4）註釋、引用及參考文獻清單

接下來我將按照順序來說明。

好的標題和壞的標題

因為你不是文案寫手，標題不用太過講究。這方面的鐵則只有一個。

【鐵則17】論文的標題要寫的是「讀者讀了這篇論文會瞭解什麼事」。

差勁男你的話，在標題「應該承認動物有權利嗎？」的後面，接著寫姓名和所屬機構（〇〇大學工學院電子工程系）就夠了。如果是課堂作業的論文，還要寫學號……。這些請按照各門課程老師的指示去寫。

「應該承認動物有權利嗎？」，這個標題很不錯，它把問題是什麼清楚地點出來了。我寫論文的時候，也會盡可能利用疑問句來當標題。用疑問句來當標題，就必須回答那個問題，這完全符合論文內容的要求。

而糟糕的標題則像這樣：「試論動物的權利」、「關於動物的權利」、「動物與權利」、「動物．權利．幸福」、「關於動物權利的考察」、「關於辛格的動物權利概念」……。這些標題真的只是在繞來繞去，完全搞不清楚問題是什麼。就算是專家，受人請託寫些什麼的時候，因為不是自己真的想寫，就姑且拼湊個看起來像論文的文章（真的會有這種事發生）。這時候最常出現上述的標題。這類論文常常會被人抱怨「這什麼啊」。

三、摘要是摘述論文的內容

在第三章的第六節裡，我稍微提過，摘要是把論文的內容濃縮介紹，寫成一小段的

「論文概要」。如果是在期刊上刊登的論文，它會獨立於正文外，直接放在標題下頭，然後在摘要的下方列出論文的關鍵字。如果是大學畢業論文或博士論文這種很長的論文，摘要會和標題分開，獨立成頁。這是為了讓研究者方便而發展出來的習慣。在這個世界上，論文每天嘮嘮叨叨地一直生產出來，多到都想叫大家不要再寫了！這麼多逐篇閱讀的話，身體都搞壞了。如果某一篇讀到最後，才發現跟自己的研究不相干，那不是讓人欲哭無淚嗎……。摘要可以防止這種狀況發生。讀了摘要以後，就可以判斷是不是應該好好地閱讀正文了。

摘要包含了下列幾個項目。根據論文的性質不同，摘要不一定包含所有的項目，而不同的領域也會有不同的作法。我在一定要寫出來的項目上打★號。

【摘要必須包含的項目】

★論文的目的（要提出什麼問題／要瞭解的是什麼）。

★論文的結論（針對問題有什麼答案／根據調查結果瞭解到了什麼）。

★在論文的正文中，論證怎麼進行。

・討論文學、藝術作品的時候，使用什麼材料來討論。

・做調查的話，用的是什麼調查方法，調查的對象又是誰。

摘要長得像這種短文。

【例】雷利．史考特導演的電影《銀翼殺手》（一九八二年）裡，涉及眼睛和視覺之處非常多。本論文試圖闡明：電影中涉及視覺之處，與作品整體主題之間關係的意涵**〔論文的目的〕**。本文首先**〔以下為論文的進行〕**盡可能地舉出該作品中涉及視覺和眼睛的相關鏡頭（第一節）。其次，針對上述問題，我將提出一個解釋，說明眼睛就是複製人「被創造出的自我」的拜物化（第二節）**〔論文的結論〕**。最後，我將檢視這個解釋是否能適用於第一節舉出的各個鏡頭，驗證假說的正確性（第三節）。

寫課堂作業論文還附摘要，感覺會不會太誇張了一點。沒必要做到那樣吧？你看，全文才四千字的短論文，摘要就四百字，還獨立成頁，這樣很奇怪……。但我認為還是寫比較好，只是不需要像學術論文一樣與正文分開來。你可以在「前言」或者「序」的標題底下，把摘要當成論文的開頭來寫就可以了。就像這樣：

應該承認動物有權利嗎？

作文差勁男

○○大學工學院電子工程系

一、前言

本論文的目的，是探討辛格認為高等動物可以是權利主體的這個論點。首先……

寫摘要有兩個好處。第一，從老師的觀點來說，如果一開始就能得知論文要處理的問題、會使用什麼材料，以及大致上想要達成什麼結論，那會是一篇非常易讀而與眾不同的文章。當老師的不得不讀一大堆學生的論文。雖說因為是工作只能忍耐，但是，要讀一篇看不出要說什麼的「論文」，或者不曉得要帶我到哪裡去的「論文」，還是頗令人吃不消的。假設讀一篇論文要花上十分鐘。十分鐘可以聽完兩首爵士鋼琴家賀比．漢考克（Herbie Hancock）彈的曲子，或是一篇拉夫爾提（R. A. Lafferty）的短篇小說，拿來泡泡麵的話，十分鐘麵都糊掉了。所以老師畢竟想快快讀過。如果讀了覺得有趣的話更高興，高興的話分數就會高，學生也高興，大家都高興……所以拜託拜託。

再來，從作者的觀點來說，寫摘要也是有意義的。寫論文的時候，常常會寫著寫著連自己要寫什麼都忘了。摘要可以時時提醒自己論文的目的。

此外，論文如果可以摘述成摘要的格式，就表示該論文規規矩矩地包含了提問、解答及論證。換言之，能夠寫得出摘要這件事，就好像在說明「這是篇論文」。透過寫摘要，可以判斷自己寫出來的東西，稱不稱得上是篇正規的論文。

「摘述」是什麼呢？

——課堂作業的第（一）題要我們讀別人寫的書或文章然後摘述，這種題目，可以看成是要幫別人的論文寫摘述嗎？

——沒錯。很多人誤解了摘述的意義，所以我在這邊強調一下。摘述不只是把文章縮短而已！說自己很不會摘述的人，一定是覺得要把文章全部都平均地縮短才叫摘述。比方說第一段選一些，第二段選一些……把文章每一段都選一些，然後按照順序把它們連起來，覺得摘述就是這樣。

——那叫「梗概」。

——你又說對了。「梗概」和「摘述」不一樣，摘述是……

——嗯，首先，找到論文的提問寫下來……，然後寫出作者想要主張的答案是什麼。

再來，在字數的限制範圍內，寫出作者用什麼樣的論證支持其主張……應該像這樣吧。

——是的沒錯。所以，摘述不是把文章的每一段都平均地縮短，而應該說是**把文章重構成「提問＋回答＋論據」的格式**。

——照你這麼說，摘述好像也沒那麼難呢。直到高中畢業，我都很討厭摘述，超不會寫的。

——嗯，責任或許不完全在你身上。我想有很多時候，是拿本來就沒辦法摘述的文章，卻要你們去摘述。我讀小學的時候，隔壁班的作文練習，每天都要摘述〈天聲人語〉，這完全沒道理。

——〈天聲人語〉是指朝日新聞的那個嗎？

——對，朝日新聞的專欄，它並不是「論證」。比如說，寫同時間多起恐攻事件的時候，它會相繼引用不同人士的證詞，從不同的角度來觀察事件的種種面向。或者寫橫濱的多摩川出現的海豹大受人們歡迎的事件時，從牠是個漂洋過海的來客，聯想到柳田國男說的「椰子果實」的故事，然後再接到另一個民俗學大師折口信夫的「稀客」論。也就是說，此專欄的賣點，是跳躍式的聯想。它會跳到哪裡去，或者說離奇的聯想之間是否能巧妙地連繫起來，正是閱讀這個專欄的樂趣所在。對於這種非邏輯性的文章，摘述並沒有意義。把它當成「論證」的範本，是重大的錯誤。

【鐵則18】摘述不是把文章的每一段都平均地縮短。處理要你讀完書寫報告的報告型題目時，只要抓住以下三個要點即可：

（一）作者提出了什麼問題。

（二）作者怎麼回答這個問題。

（三）作者為自己提出的答案，提供了什麼論證。

【練習問題4】

下面的文章是本書第二章的「摘述」。它寫得很差勁，只是把文章平均地縮短，把看起來很重要的醒目句子排列起來而已。請改進這個「摘述」。雖然本書並不是論文，但第二章包含了提問和答案，是可以摘述的文章。

> **【差勁的摘述】**論文是什麼樣的文章呢？論文有個問題。有提問就是有主張，但是論文不能只有提問和答案。論文不能訴諸感情。寫論文的時候必須記得，提問、答案及論據以外的都不能寫，而且不需拘泥答案正不正確，並且論文是把自己的想法以普遍化的格式寫出來。此外，論文也必須能夠被第三人檢驗。如同上述，論文有許多規矩，說能自由地發揮是謊言。

四、正文必須做三件事——提問、主張、論證

終於講到正文了。正文用英文來說是「body」，它有底下三個要素：

（2-1）提問，以及問題的分析和格式化
（2-2）主張（針對問題所提出的回答，也稱為「結論」）
（2-3）論證

以下依序說明。

（2-1）提問，以及問題的分析和格式化

這部分最少要做到下列幾件事。和前面的註記方式一樣，我在必要的項目上打★號。

★提示問題何在，亦即說明要處理的是什麼問題。

★說明問題，亦即更仔細地闡述問題。也包括解釋問題所包含的用詞和概念。

・問題的背景，亦即問題是如何產生的、問題的現況分析、問題是何時產生的。如果是自己發現的問題，說明為什麼會注意到這個問題。

・問題的重要性，以及處理該問題有什麼意義。

．問題的分析，亦即如果問題比較大的時候，可以分成幾個小問題。舉個例子說明提問的寫作方式，我從問題的背景開始寫。

【例】（一）在福島第一核電廠發生事故之前，日本也發生過東海村臨界事故、東京電力公司的原子爐損傷隱瞞事件等種種科技業和製造業相關的事件。這些事件各以不同的方式，向技術人員問責。企業內部的技術人員應該恰當地考慮過倫理問題才行動，這不論對企業的存續或者社會的安全而言，都是非常重要的課題。

（二）為了敦促科技業的行動能夠符合倫理，我們必須要問：企業內的技術人員對社會應該負有什麼責任。本文處理的就是這個問題。

（三）本文所說的「企業內部的技術人員」，指的是為了成為技術專業者，曾在大學或專科等高等教育機構受過一定程度的技術訓練，因具備的技能而受企業雇用，從事研究、開發的人員。出於雇用關係，企業內部的技術人員必然對上司或雇用的企業以及客戶負有責任。然而，本文處理的問題，並不是技術人員對於雇用的企業或者是客戶的責任，而是每一個技術人員對於一般社會，也就是公眾，所負的責任。

（四）為了處理此問題，必須先思考：企業所雇用的技術人員，能不能視為如同醫師或律師一樣的專業（profession）。其次，如果可以看成專業，我們必須釐清為什麼技術人員在對雇用的企業的責任之外，還必須背負對於社會的責任。再來，我們也必須考察該責任所涵蓋的範圍。

上面這個例子裡，（一）陳述了問題的背景和重要性，（二）闡明了問題（提示問題何在）。接下來的（三）說明了提問中出現的名詞「企業內部的技術人員」之意義，並且確認問題並不是技術人員對雇用的企業所負的責任，而是對於一般社會所負的責任（說明問題）。（四）則是問題的分析，也就是說明為了解答（二）這個問題，必須回答哪些小問題。

嗯，如果能寫出這樣的提問的話就很棒了。

——差勁男，你的模仿論文大概可以說有「提示問題何在」這部分，但是完全沒有問題的分析。問「動物有權利嗎」，就應該要說這裡的「動物」的範圍算到哪裡。動物指的是靈長類、高等哺乳類，還是連水母和海葵都算？根據涵蓋範圍的不同，答案也會有差異。再來，為什麼這會是個問題，它產生的背景，你完全沒有寫。

——因為虐待動物的現況有所改變，或者動物保護運動的盛行……。

——對。還有，「動物有權利嗎」這個問題有點太大了。如果不把它分成幾個小問題，一個一個來回答，想要全部一次回答，會很麻煩。

——該怎麼分成小問題呢？

——我在第五章會仔細談。

（2－2）主張

這應該不用說明了吧。當然，要怎麼歸結到一個主張（結論），是寫論文最重要的事（我將在第六章說明）。

（2－3）論證

這裡要做以下的事情。

★舉出論據來論證自己針對提問所給出的回答。

・如果是用調查的結果當論據的話，要說明調查的方法、所得到的資料亦即調查的結果、資料的分析方法，以及對分析結果的解釋。

・如果是用別人的研究成果或是論文來當論據，就必須要有引用文獻、他人論點的大要、對於他人論點妥適性的探討，以及該探討所依據的論據等等。

・如果要藉由批評他人的研究成果或論文，來主張自己的論點是正確的，就必須有引用文獻、他人論點的大要與批評，以及該批評所依據的論據等等。

・比較自己的論點與他人的論點。

・在過往的研究脈絡裡，定位自己的主張。

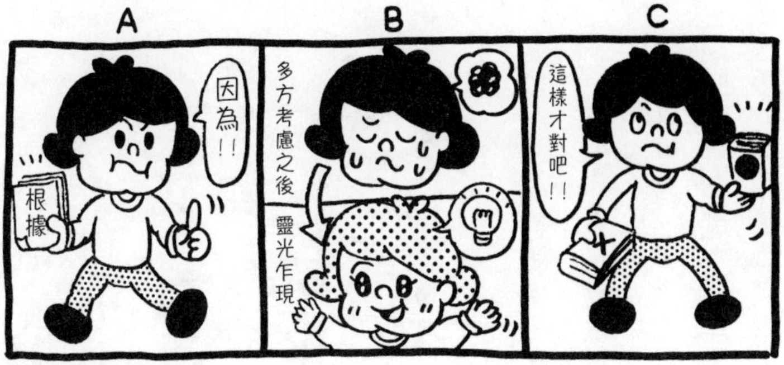

三種排列模式

嗯，這些就是論文的重點。我會在第六章說明怎麼把它們組合起來。

論文的這三個要素，該怎麼排列來組合成正文呢？這並沒有固定的規則。在下列三種模式之中，選擇感覺自己論證起來最方便的那一種。

A模式：「我的想法是這樣，因為……」型

・提問→結論→論證

這一型是直接先給出答案，然後再確認它的正確性。這個時候，在論證的前半段所提出的答案，與其說它是「結論」，不如叫它作「假說」比較恰當。我建議初入門者用這個型式，因為它馬上給出問題的答案，論文會朝哪個方向進行一直都很清楚，不會讓讀者懸在那邊。

B模式：「多方考慮之後，結果是這樣」型

・提問→論證→結論

這一型是先提出問題，調查看看這個那個，蒐集、分析各種資料之後，得到了答案是這樣那樣。實驗和調查報告常常會是這種型式。

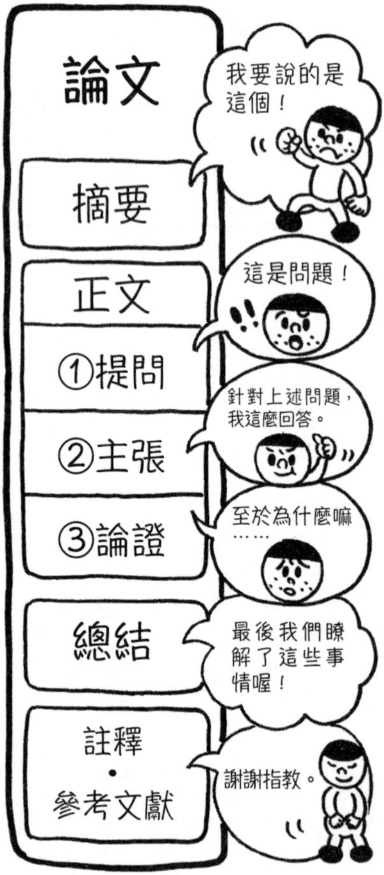

論文的格式

C模式：「不是那樣，是這樣才對」型

・提問→在論證之中「批評先行研究」→結論→論證

這個模式是提出問題後，先駁斥前人對該問題提出的答案，藉此顯示自己答案的優越性。如果問題本身就是熱門的討論議題，那麼大致上前人應該已經嘗試過好幾種答案了，因此，這種模式必然包含「先行研究的批判探討」。

論文沒有總結就不算結束

最後用下面的項目來總結論文。

★再次用一句話來總結透過論文所瞭解到的事情。

・指出未盡的事宜，以及論文未處理的論點，這常常會誇大地說成「未來的課題」。不過，從此不想再碰這個主題的時候，也會這樣說。

・對自己的評價。評判自己的論文是否合理、與其他立場比較之下好到什麼程度、有什麼獨特性、可望應用到哪方面等等。

我會在第九章詳細地說明註釋、引用，以及參考文獻。

五、依循格式的意義

——好了，依照這樣的格式，就可以寫出看起來像論文的文章。這就是「格式的功能」。

——怎麼說呢？

——規規矩矩依照格式寫文章的話，就會知道接下來要做什麼事，以及哪裡還有不足的地方。瞭解之後就去做必須做的調查或者閱讀文獻，將不足之處補足。格式能夠這樣子引導你寫論文。

——真的會這麼順利嗎？對了，好像有學過「起承轉合」這種文章的格式。這跟現在的討論有關嗎？

——果然出現了，所謂的起承轉合。差勁男你知道「京都首屈布坊的姑娘，姐姐十六，妹十有四。戰國大名殺人以弓矢，布坊姐妹殺人以眼眸」嗎？用美女的故事起頭，第二句承接之後，出人意表地轉換到大名的話題，然後收場。這就是典型的起承轉合。

——喲，很厲害喔，老爺。

——但這不能用來寫論文。先提出問題，然後「話鋒一轉……」，話題突然轉到完全無關的地方，然後收場。我從沒看過這種論文，如果投稿也一定通不過審查。起承轉合本來是漢詩的寫作風格，認為它可以用來寫論文，是嚴重的錯誤。

——原來是這樣，但為什麼覺得好像有人教過我這樣寫呢？

——的確，有些老式風格的論文教學書，會推薦使用起承轉合的格式，教你的人可能受那些書的影響。但那些人就算寫的是《論文寫作法》書籍，說不定連論文都沒寫過呢。

——對了，也有「序破急」這種格式。

——那是能樂的格式，跟論文也沒有關係。

——那「開始小火微微，中間大火熊熊……」怎麼樣？

——那是以前煮飯的口訣，跟文章寫作更不相干了。

【鐵則19】依循格式不見得就是保守的。也有因為依循了格式之後，才開展出創造性活動的例子。論文寫作就屬於這種活動。

【練習問題5】

為了掌握論文的格式，請你根據以下的素材，捏造出一篇虛構論文的摘要。不過，光用這些素材來概括論文的內容稍嫌不足。因此，你必須思考還需要哪些材料，寫的時候作補充。

問題的背景：大學課堂開始讓學生進行教學評量（填寫教學意見調查等），已經過了二十年，但仍未見教學品質有所改善。

問題：應該繼續讓學生進行教學評量嗎？

結論：應該繼續。

可用作論據的素材

（一）實施教學評量的原委

（二）實施當時所認定的優點

（三）教學評量目前的問題

第二篇

播下論文的種子

【第二篇的基本方針】

第一篇是「理論篇」。如果本來就不瞭解論文是什麼樣的文章，那就不可能會寫論文。基於這個信念，我已經從各種角度說明了論文是什麼。從內容上來說，論文是包括了「提問＋主張＋論證」這個三件套組的文章。就格式上而言，論文則是由「摘要、正文、結論」三者所構成的文章。因為論文需要滿足這些條件，你絕不可能隨隨便便就下筆，它必須經過仔細的事先調查（計畫）。

透過仔細的計畫，蒐集了相當程度的資料後，你應該會對自己要處理什麼問題有粗略的瞭解。之後就是一鼓作氣寫出來！……如果事情有這麼簡單就好了。NHK出版的大場旦先生是本書的編輯，他曾經發傳真到我家說：「後面請一氣呵成地寫完。」嗯，這樣可是不行的。尤其像你們這些論文新手，請別再以為調查做完，論文就可以一口氣寫出來了。

第二篇和第三篇是「實作篇」。貫穿這兩篇的主軸是：**論文不是一下子從無到有的文章，而是培育出來的文章**。論文首先要創造出設計圖，也就是大綱。讓我們稱它為「論文的種子」。寫論文就是培育這種子，讓它越來越接近論文的樣子。簡言之，論文要先寫出大綱，然後再增添內容。或許你們會覺得「這樣很麻煩」，但其實不然。差勁男的寫法是猛然下筆，卻因為完全沒有想法而焦躁不安。跟他比起來，照我說的要好多了，因為你朝著目標邁進，會有踏實感。

第二篇說明的是論文的種子該怎麼播下，而播種時又該注意哪些事情。本篇包括了第五章和第六章。第五章要讓各位瞭解大綱是什麼，以及大綱的重要性究竟何在。接下來的第六章，我將對論文正文的核心，也就是論證，做個統整。

第五章　大綱是論文的種子

一、論文是結構化的文章

在第四章，我傳達了一個很重要的訊息：論文是具有結構的文章，而「具有結構」這一點，正是論文與其他類型文章的差異所在。論文整體包括了「摘要、正文、結論」三部分，它們各司其職，而正文可再分成「提問、主張（即結論）、論證」三個部分。

寫論文並不是把閒來無事時腦海裡浮現的事情記下來這麼簡單，而是先要把上述的結構創造出來。而這個結構，與辨別容易理解和不易理解的論文也有關係。我從事學術工作，必須閱讀許多論文。讀多了就會發現，有容易理解令人雀躍的，也有很難理解惹人煩躁的論文。一直使用困難的詞彙的確讓人招架不住，尤其必須查辭典的外語論文，讀起來更是辛苦。我曾在文章裡看過 comestibles 這個詞，查了辭典說是指「食物」。實在讓人很想說，這傢伙為什麼不說 food 就好？

但這還不算真正的「困難論文」。對我來說，缺乏清楚結構的論文才真的困難，那讀起來非常吃力。知名學者也會寫出這種論文。他們是故意要這樣寫的嗎？抓不到結構的文章要將我帶往何方？我現在讀到的這裡，是作者的主張？是作者要批評的人的主張？還是作者正在探討各種不同的觀點呢？這邊出現的問題，跟剛才的，是一樣還是不一樣？啊！搞得我頭好痛啊！真氣人⋯⋯。

不易閱讀的文章，並不是使用困難詞彙的文章，而是無法看透結構的文章。如果你們或我是某個領域最傑出的領袖學者，那不管寫的論文多難讀，大家還是會忍耐讀下去。但那是少數人的特權。我們既然是平凡人，就必須盡可能地在論文的結構上下功夫，讓讀者容易瞭解。那該怎麼做呢？

二、大綱是為了給論文結構

——論文最重要的，是要有清楚的結構。也就是說，必須讓人利用論文的「大綱」來看透論文。

——「大綱」（outline）原意是指輪廓線對吧。所以，透過輪廓線看透，不是很奇怪嗎？說利用論文的「骨架」看透才對吧？

——骨架的英文是「skeleton」，說 skeleton 也可以，因為辭典說它也有「文章的概要」的意思。在現在這個脈絡，outline 和 skeleton 意思一樣。

——咦，skeleton 是骨架的意思嗎？我還以為是穿透、透明的意思。

——的確，這似乎是因為某個電腦廠商用了「skeleton body」的矛盾說法，才讓這樣的誤解廣泛流傳的。……總之，說文章的骨架也可以，它甚至還更符合這本書的要旨呢……。因為論文的正文就是骨架加上肌肉呀。可惜的是，一般不太用「論文的骨架」這說法，我也只好用通稱的大綱來稱呼它了。

【鐵則20】論文是由大綱增胖而成。從大綱開始寫出來的論文，具有強韌的結構。寫論文要先創造大綱。

——那大綱具體來說是什麼樣子呢？

——嗯，我來舉個例子。你知道挑戰者號太空梭爆炸的事件嗎？應該是在一九八六年的時候發生的。

——好像在電視上看過特別節目。

——嗯。挑戰者號好像是第一次搭載民間人士，是高中老師吧。但它爆炸了，機組員全部罹難，是太空開發史上最嚴重的事故。假設我們出個題目，問你從這個事件得到什麼教訓，要寫成一篇論文。以下是該論文的大綱。

標題（暫定）「從挑戰者號爆炸事故應當學到的教訓」

一、前言（**摘要**）

・問題設定：「為何無法防止挑戰者號爆炸事故的發生」，以及「未來該如何防止同樣的事故發生」

・各節的內容概要

二、挑戰者號爆炸事故的概要與背景（**提問與分析**）

（一）事故的概要

・日期與時間、發射七十三秒後火箭助推器起火，引發太空梭爆炸

・犧牲者的簡歷

（二）事故的原因

・技術因素→火箭助推器的結構缺陷→詳細的調查

・氣象條件→發射當天的異常低溫

（三）事故的背景

・美國國家航空暨太空總署（NASA）為何強行發射

三、決定發射的決策過程

（一）決定發射之前的過程
・相關組織的概要→NASA、希爾科（Thiokol）公司（助升火箭研發公司）分擔的任務
・最後決定發射的視訊會議的經過
（二）T公司（希爾科公司）當初反對發射
・為何工程師對發射有疑慮
・工程師的「揭發信件」→網路上找得到嗎？如果有的話，引用並分析
（三）發射前最後一刻的會議，T公司突然改變態度，轉為贊成發射；「T公司為何在發射前一刻改變態度，轉為支持」（問題的再格式化）

四、為何會在發射前最後一刻的會議改變決定（**主張與論證**）
（一）數個假說的探討
・根據事故調查委員會的議事錄，對假說進行驗證
・到此為止的結論→不論是哪個假說，都無法充分說明T公司為何突然改變態度。必須對會議中的團體決策，做社會心理學上的分析
（二）社會心理學對於團體決策遭扭曲的原因之研究
・簡單介紹幾個重要的先行研究
・尤其是詹尼斯（Irving L. Janis）的「團體迷思」（Groupthink）

（三）T公司的決策與Groupthink

・確認T公司的決策過程，符合Groupthink的六個特徵之中的每一個特徵

・尤其注意隆德（Robert Lund，T公司工程師們的頭頭）想法的改變→用議事錄來驗證

・到此為止的結論：T公司最後的決策符合Groupthink的特徵（**主張**）

五、預防事故再次發生的提議（**針對第二個提問的主張與論證**）

（一）由分析挑戰者號事故所得到的教訓

・為了防止「事故」發生，只提升技術的精密度是不夠的→已經知道有潛在的危險，但並不在決策的考慮範圍內

・決策機制必須改進

（二）決策機制應該是怎樣的

・不讓決策機制陷入Groupthink的具體方案

・團體決策中工程師的任務

・要能讓工程師發揮上述功能，應該要有什麼樣的決策體制？→嗯嗯，未來的展望？

六、總結

三、大綱會成長而發生變化

——這大綱很完整呢。

——對啊，如果這論文用四百字的稿紙來寫，要用上五十張呢。如果是課堂作業的論文，塞不下這麼多內容，還要再精簡一下。

——「一、前言」這裡寫的是摘要嗎？

——是的，正文則是從二到五。

——提問、主張和論證在哪裡呢？

——這篇論文原本的問題是「為何無法防止挑戰者號爆炸事故的發生」，但為了回答這個問題，必須掌握直到發射之前的詳細事實經過。這是第二、三節的內容。為什麼決定發射而導致事故，其中最重要的問題是：希爾科公司發覺可能會發生事故，直到快要發射都還主張應該延期，卻在發射前的視訊會議中突然改變了態度。這可能是事故之所以無法預防的關鍵所在。在這裡，大綱的作者把原本的問題，換成了更詳細的小問題，分別解析它們。

——你是說「T公司為何在發射前一刻改變態度，轉為支持」這個地方嗎？二到三節是問題的分析和格式化對吧。

——沒錯。針對這些小問題，作者提出假說，主張原因是T公司的人員陷入了「團體迷思」，並且在第四節論證它。

——那第五節是什麼呢？

——那裡是對原本提出的另外一個問題，嗯……就是針對「未來該如何防止同樣的事故發生」這個問題，主張作者的答案。

——嗯。寫出這麼好的大綱，只要加上內容，馬上就變一篇論文了。

——沒錯。要寫出這種程度的大綱，應該會花上寫論文總時數的三分之一。如果是我，完成了這種程度的大綱，就會覺得好像寫完了，對自己說「嗯，再加把勁就完成了」，把檔案存起來去喝一杯。

——大綱看起來很像目錄，有什麼不一樣嗎？

——好問題。我說過大綱是論文的種子對吧。只要完成大綱，那不只是論文的正文而已，連目錄、摘要也都很容易就可以寫好。摘要不像大綱一樣是條列式的，是用寫文章的方式來陳述。而目錄可以想成是大綱的骨架，是為了讓讀者容易閱讀而做的。相較之下，大綱則是為了作者自己而寫的。

——那大綱上可以寫「可能會把這個移到未來研究展望那邊」或是「這裡必須再做些調查」嗎？

——大綱畢竟是論文的設計圖，為了將大綱膨脹成論文，在上面寫一些筆記，像是這事要記得、這個擺到後面、這邊已經完成、這裡調查還不夠、這邊如果來不及調查的話就刪掉……等等，是無妨的。用「T公司」這種方便的簡稱也無所謂。當然，這些如果留在完成的論文上就很難看了。

——可是不可能一下子就寫出這種大綱吧？

——當然不可能。這個大綱也是從更簡單的大綱慢慢成長的。最早的大綱就像這樣：

標題（暫定）「挑戰者號爆炸事故為什麼會發生」

（大綱第0版）

一、前言

・問題設定

・各節的內容概要

二、挑戰者號爆炸事故的概要與背景

（一）事故的概要

（二）事故的原因

三、為何無法預防事故發生
（一）決定發射的決策過程
（二）發射前最後一刻的會議中，T公司為何改變態度，轉為贊成發射
四、預防再次發生應該怎麼做？
（一）由分析挑戰者號事故所得到的教訓
（二）與其他重大事故的比較
（三）工程師的任務
五、總結

大綱也是指令

——看起來很簡略。

——讀完一本「新書」寫出來的大綱，最多也就是這樣了。這種大綱叫做**項目大綱**。

前面那個比較長的大綱，把重要的項目用簡短的句子寫出來，稱為**語句大綱**。

——兩個大綱的結構也很不一樣。

——嗯，這是為了方便瞭解而做出的差異。一開始的大綱一定很簡單，隨著調查持續進行、思考慢慢深化以後，大綱不只會逐漸膨脹，還會有許多變動。總之，**請記得大綱常常都是暫定的**。差勁男，你覺得新的版本哪裡有變動？

——嗯……舊版本沒有「事故的背景」這項。

——最開始的時候，作者大概只認為，發射前對於技術性的缺陷已經有了疑慮，選擇發射只是因為小看了它的嚴重性而已。但根據種種調查結果，卻發現各個當事人之間意見並不一致。因此，作者後來發現，如果不瞭解 NASA 為何執意要發射，話就說不通了。

——然後一開始也完全沒提到心理因素。

——這是因為舊的大綱裡，找不到切入點去瞭解為什麼決定發射、以及該怎樣預防這種錯誤的決定吧。在調查的過程中，發現了社會心理學家詹尼斯寫的書。該書與挑戰者號事故並沒有直接關係，而是以韓戰、越戰等等為例，用「團體迷思」的心理過程，來說明看似聰明的人在集體下政策決定的時候，為什麼會做出愚蠢的決定。作者應該是認為這種分析也可以用在挑戰者號事故上，因此大綱才會一下子有大變化。

——原來如此。大綱在中途有變化是沒關係的對吧。

——是的。一篇好的論文在培育的過程中，大綱必定會逐漸改變。大綱有改變，正代表著論文的寫作過程中，調查有所進展，思考也在深化。

寫作的能源循環

修改大綱讓它膨脹，就會知道下一步該做什麼，然後在進行的過程中，又必須再一次修正大綱……。

——論文就是這樣來來回回地完成的對吧。

——沒錯。大綱不但是論文的種子，也是引導你下一步該做什麼的指令。依循這個指令去調查、思考、書寫，大綱本身就會膨脹起來，在越來越接近論文的同時，它也發生了一些改變。這個改變就成了新的指令。而要完成指令，大綱會再膨脹一些，又改變了。這麼一來，在把大綱慢慢培育成論文的同時，大綱也會教導你下一步該做什麼，它就像供給論文寫作的能源。真的是……

——我知道了，你要說的是「寫作的能源循環」對吧。

——為什麼被你先說走了？

【鐵則21】大綱會成長而發生變化。請記得大綱常常都是暫定的。

【練習問題6】假設根據前面挑戰者號事故的大綱，論文已經完成，而你是論文的作者。請為該文寫出五百字的摘要。

四、為報告型的題目寫大綱

簡單地討論一下要你做調查寫出報告這類型的題目。前面第二到三節討論的挑戰者號事故的論文裡，包括了決定發射之前的經過、事故的背景這類相當於報告型的題目。但報告型的題目不要求「立論」，因此論文的結構不是「提問＋主張＋論證」的格式，勉強套用這種格式也寫不好。應該把做調查然後寫報告這類型的文章，想成有它自己的特殊格式比較好。

對了，我在讀學生寫的報告型文章的時候，會覺得你們可能認為「報告型的題目就是調查很多東西然後寫出來」吧。你會說，咦，這有什麼不對嗎？但事情並不是這樣。

比方說要你們調查荷蘭的「安樂死」法令，然後寫出報告。很多人會像這樣坐困愁城：首先閱讀「安樂死」法令的相關書籍，然後在網路上隨意搜尋，蒐集一些資料。在整理資料，想用來寫出一篇有論文格式的文章時，卻發現不知道要寫哪些，甚至不知道要從哪裡開始閱讀資料。結果就寫成了一篇拉拉雜雜的報告。

其實應該要反過來才對。首先把報告論文的大綱寫出來。寫的時候必須思考，關於「安樂死」的法令，我想要告訴別人的，究竟包括哪些項目？因為是法律議題，一定要有法律相關的內容，一定要寫為什麼會有這個法律，而且，這個法律產生了什麼影響也很重要……。在法律的內容方面，重要的是什麼？首先是安樂死的定義。其次，哪些人被允許安樂死也很重要。必須確認本人的意願嗎？也必須調查其他國家是否有類似的法律吧……。就像這樣，先想好必須調查的項目。這麼一來，就可以寫出像以下的大綱了吧。

標題（暫定）「荷蘭『安樂死』法」

一、前言

・荷蘭「安樂死」法簡介

・調查方法

・各節內容

二、「安樂死」法的制定背景

三、「安樂死」法的內容

（一）安樂死的定義

（二）什麼情況可以允許安樂死

（三）不允許安樂死的案例

（四）實行安樂死的方法

（五）確認本人意願的方法

四、制定「安樂死」法的經過
（一）有先行的法律嗎？
（二）是誰提案立法的呢？
（三）經過什麼樣的辯論呢？
・贊成派
・反對派

五、「安樂死」法制定後的經過
（一）有判例嗎？↓有的話寫出來
（二）對社會的影響
（三）社會對該法的評價

六、與其他國家相同法律的比較

七、總結

即使完全不瞭解「安樂死」法的內容，大概也知道文章內容應該寫進哪些東西，因此寫出上述的大綱並不困難。大綱寫好，就可以明確地知道該調查什麼，而在研讀資料的時候，也清楚該注意哪些地方了。這麼一來，就不會坐困在一大堆資料前面發愣了。

當然，在調查的過程中可能會發現，有些當初所想的項目並不合適，這時候就應該修改大綱。此外，有時候對於調查什麼事項完全沒有靈感，這時候應該找一本「新書」來看，大致瞭解之後寫出大綱，然後就可以依照大綱繼續調查下去了。

【鐵則22】要做調查然後寫報告的報告型題目，並不只是寫出調查的結果。應該先思考該報告什麼，然後聚焦於該點做調查。

五、但是大綱究竟該怎麼寫呢？

——你現在知道大綱很重要了吧。

——首先，①**大綱是論文的種子**。大綱會膨脹成為論文，論文也才因此具備了結構。

——然後，②**大綱是論文寫作的能源**。有了大綱之後，就知道要調查和書寫什麼好，因此就可以寫出論文了。

——再來，③**大綱也可以當成目錄和摘要的原型來使用**。

——所以不管是哪一本「論文寫作指南」，都會強調大綱的重要性。雖然你會覺得大綱還要跟論文分開來寫，實在很麻煩，但我的提議是，培育大綱就會長成論文，所以其實很輕鬆。

——我知道培育大綱會長成論文，但是大綱到底該怎麼寫出來呢？然後，要把簡單的大綱培育成真正的大綱，也很麻煩啊。

——哼。啊，我覺得精神很疲勞。差勁男，你想說的應該是針對非報告型論文的書寫過程，也就是要從模模糊糊的問題出發，想出許多的論點，然後整理成論文大綱的格式這些吧。嗯，這方面幾乎所有的「論文寫作指南」都沒有談，因為這很難說有什麼既定的「方法」或是「步驟」。大多數的指南都會說「充分地理解問題，做試探性調查，然後思考大綱（論文的結構），就可以開始寫……」，然後就繼續討論下去。或者告訴你做試探性調查的時候，可以用卡片記錄，這樣寫大綱會很方便等等。但是最重要的問題，亦即寫大綱時要怎麼思考，這我還沒看過有人談到。

——那不就跟烹飪節目一樣嗎？

——什麼意思？

——烹飪節目很多對吧。節目會說我們現在來做醬料，材料是一杯水……，然後這裡有已經去皮除刺、用薄鹽醃過的青花魚排切塊，因為時間的關係事先準備好了。我們用奶油快炒……就像這樣子。

——你是說，你想知道的，正是處理青花魚的方法嗎？

——就好像說因為時間的關係，我們已經把大綱準備好了。

——嗯，你要這麼說也沒辦法。我們來看看要怎麼把思考大綱的過程「方法化」好了。請務必記得，以下介紹的，只是我寫論文的時候使用的經驗法則。雖然如此，我認為對你一定有幫助。

從模模糊糊的問題發展成明確的大綱的方法

假設出發點是「我們可以從挑戰者號爆炸事故學到什麼」這個問題好了。但它還太模糊。從這裡怎麼發展出大綱呢？答案就是「把問題細分」。先把這個模糊的主要問題，分成「為什麼無法防止事故發生」和「要防止同樣的事故發生，該怎麼做」，然後前者可以再分成「事故是怎麼發生的」、「NASA為什麼強行發射」，以及「怎麼決定要發射的」等等次問題。再來，「怎麼決定要發射的」這個問題，可以再分成「T公司本來反對發射，為什麼發射前一刻態度會轉變」以及「T公司的決策過程中，受到什麼社會心理學的因素影響」等等更小的問題。這麼一來，因為一個一個的次問題都很明確，也都限制在一定的範圍之內，要回答並不困難。次問題回答了之後，就能夠回答最初的大問題了。

像這樣，寫作大綱的方法，就是把太大太模糊的問題，分成可以就手邊的材料回答的較小問題。將所有的小問題都回答完了，也就回答了原先的大問題。大綱的寫作，除了這樣地整理、分配問題之外，別無他法。

而要寫出這樣的大綱，大致上有兩種方法。

【RPG法】

……開玩笑的。取這樣的名稱讓它看起來好像很有道理。**RPG**指的是角色扮演遊戲（Role Play Game）。如果是大體上已經限定範圍的問題，而你的答案大致也已經決定了，那這個方法就有效。比方說，你讀了辛格的主張後發現自己強烈地同意，想要選「是否應該承認動物有權利」這一題。你對這個問題的答案當然是肯定的。我們來思考一下寫這篇論文的各種情況。

這個時候，我建議用「創造假想敵」的方法，把大問題區分為幾個可以攻略的小問題。想像以下的情況：你是動物權利的贊成派的信徒，想要痛擊擋住去路的反對派，以便推廣辛格的觀點。為了達成這個目的，要採取什麼樣的戰略呢？用角色扮演法來想想看。即使實際上你不會投入贊成派，但為了寫出一篇鏗鏘有力的論文，想像你徹底擁護贊成派的觀點，思考要怎麼痛擊反對派，這樣就能夠做得好。

和敵方作戰的時候，應該考慮哪些戰略上重要的項目呢？

· 你有什麼武器。

・敵方有什麼武器。

・使用自己的武器會有什麼副作用。

也就是說，你必須考慮擋住前方去路的是什麼樣的反對者，而你又該怎麼痛擊他們，要用什麼根據來主張動物的權利等等……。

上述的第三點是你可能比較不瞭解的。使用太強大的武器會有什麼後果呢？砰！敵方片甲不留固然很好，但自己也灰飛煙滅了。論文需要的是能夠適當地打擊敵方，卻又不傷到自己的武器。比方說像「雖然你這麼說，但人類終歸也會滅亡，所以有沒有權利這種問題沒什麼意義」、「人類和動物終究只是蛋白質的結塊，兩者沒有差別（所以只承認一方的權利沒有道理）」這類的理由，就是威力過強的武器。用上這種武器，或許可以徹底破壞假想敵只承認人類而不承認動物有權利的立場，但這麼一來，你就必須承認連豆腐也有權利了，因為豆腐就是蛋白質的結塊。

為了不導致這種荒謬的結果，必須對自己的武器所帶來的後果很敏銳才行。也就是說，如果想利用某個論據來主張動物有權利，你必須事先考慮，會不會因為使用該論據，而導致要對因此衍生的其他主張負起責任。

這樣思考之後，就可以衍生出如下所述的幾個問題。

（一）檢視自己的武器

・自己的首領辛格主張高等動物的權利時，根據的是什麼？
・你同意這個根據嗎？
・除了辛格的論據之外，還有其他論據可以用來支持承認動物有權利嗎？
・如果有的話，這些和辛格的論據比起來，哪個好呢？
・這些論據有什麼弱點嗎？

（二）檢視敵方的武器

・與自己相反的立場，所主張的是什麼呢？
・敵方的力量，從強的到弱的，有哪幾類呢？
・至今為止有誰提出了這些論點呢？
・這些主張的可能根據，是什麼樣的論點呢？
・這些論點有什麼弱點嗎？如果有的話是什麼呢？
・如果你要用某特定的論據來說明應該承認動物有權利，可以預測反對者會怎麼批評嗎？

（三）檢視自己的武器的副作用

．如果你用了某某論據來論證應該承認動物的權利，這等於你同時也主張了什麼呢？比方說如果你的論點也適用於胎兒、身心障礙者、腦死者、失智者，那會推導出什麼結論呢？

把這些次問題與它們的答案順利地結合起來，就可以回答「應該承認動物有權利嗎」這個主要問題，也就可以寫論文了。但即使你進展到這個階段，可能還是沒辦法寫出論文，因為你還沒有足以回答這些細緻的格式化問題的材料與知識。因此你必須再次調查文獻和資料。最初的調查讓你有個大致的判斷，是為了提出問題。而此次的調查，則是為了回答問題和提出論證，因此不是讀本「新書」就能解決的事情。你必須聚焦，做重點的調查（詳細的調查方法請參照第三章的第六節）。

【練習問題 7】

死刑究竟應該繼續保留還是應該廢除的問題，已經爭論許久。歐洲許多國家都已廢除死刑，但眾所皆知，日本和美國仍保有死刑。現在假設你想寫一篇贊成廢除死刑的論文，於是你用了 RPG 法……

（一）首先想出幾個支持廢除死刑的論據。

（二）預測看看，支持保留死刑的人，會使用什麼論據支持他們的主張。

（三）思考一下，支持保留死刑的人，會怎麼樣批評你的論據。

（四）為了駁斥由（二）和（三）所推測出來的支持死刑保留方的論點，思考看看該怎麼反駁。

【撞球法】

使用 **RPG** 法的過程中，你可能會如墜五里霧中，但至少，在提問和自己的結論相當明確的時候，**RPG** 法是有效的。但如果只給你題目，而提問必須由自己來設想，那就算你已經有了提問，還是可能有不知該如何回答，必須靠自己摸索的時候。這時候，有什麼有效的方法嗎？

我也常常會遇到這個情況。比方突然邀請你討論大學裡的創業投資，或者大學生學力低落的問題。這是出於一個「美麗的誤會」，以為哲學家不管談什麼話題，都可以恰如其分地談出有意思的事情。真感謝……，但高興只有接受邀請的那一剎那，接下來就有如墜入地獄般的痛苦。這時候，我就使用這個方法，它分成三個階段。

（一）創造出問題的範圍

比方說現在給你「大學生學力低落」的議題好了。如果用「真的嗎？」這個問題來撞擊它，結果就會產生「真的有學力低落的現象嗎？」的問題。或者可以試著用「這什麼意思？」的問題來撞擊，這麼一來，就會產生「說是學力低落，但這是在什麼意義上使用這種說法，而當大家說學力低落的時候，指的是同樣的意思嗎？」或者「學力原本指的是什麼意思」這些問題。我把用來撞擊的問題稱為「撞擊用問題」，而撞擊後所得的問題稱為「撞得的問題」。因為持續地用問題（白球）撞得新的問題，所以關鍵詞就命名為「撞球法」。第一二二頁是「撞擊用問題」和「撞得的問題」的一覽表。雖然有些重複，但這不打緊。

做一覽表的程序，可以一直反覆進行。比方說「『學力』原本是怎麼定義的呢？」這個問題，就可以再用「其他是怎樣的呢？」這個問題來撞擊，產生出「依文化和國家不同，『學力』的定義也有差異嗎？」的問題。

照這種方式，就可以產生出許多相互關連的問題，我稱為問題的範圍。當然，這裡面可能會有無法回答的胡鬧問題，也可能有很重要，但就你手邊的資料無法解決，或者是你無法理解的困難問題。但首要目標是先創造出許多提問。

(二) 從「問題的範圍」到「問題與答案的範圍」

如果問題的範圍大致完成了，請進行下列程序。

（1）針對各個問題，記下目前想出來的，可以當成答案的看法或假說。

撞擊用問題	撞得的問題
真的嗎？〔可信度〕	被稱為學力低落的現象，真的發生了嗎？
什麼意思？〔定義〕	「學力」究竟是指什麼呢？／怎麼定義的呢？
什麼時候〔從／到〕？〔時間〕	學力低落是從什麼時候開始的？以前沒有學力低落的現象嗎？
在哪裡？〔空間〕	其他國家沒有學力低落的現象嗎？
是誰？〔主體〕	誰認為學力低落呢？誰（哪些學生）的學力（被認為）低落呢？
怎麼變這樣的？〔經過〕	學力低落的過程是怎樣的呢（急遽地、緩慢地）？
是怎麼樣的？〔狀態〕	學力低落的現狀是怎樣的？
怎麼做？〔方法〕	怎麼確認學力低落現象是否存在？
為什麼？〔因果〕	學力低落的原因是什麼？
其他是怎樣的呢？〔比較〕	學力低落的現象依學科而不同嗎？
	學力低落的現象有地域差異嗎？
這個呢？〔特殊化〕	這個例子算學力低落嗎？
只有這個嗎？〔一般化〕	除了學力以外的能力也有低落的現象嗎？
	學力低落是其他廣泛能力低落的結果嗎？
全部都這樣嗎？〔限定〕	所有科目都有學力低落的現象嗎？
該怎麼辦呢？〔對策〕	該怎麼應對學力低落的現象呢？

（2）就算還沒有想到答案，也要想想接下來做什麼調查可以回答問題，並寫下這個想法。
（3）根據不同的情況，想想看各個問題可以怎麼樣再細分來回答，寫下這些次問題。
（4）針對（1）和（2）的答案，再撞擊出新的問題，然後寫下來。

【例】先針對問題的範圍裡，「學力低落的原因是什麼」這個問題，想一些答案。

「學力低落的原因是什麼」
↓是因為上課時間減少嗎？
↓是因為感受不到學習的益處嗎？
↓是因為老師的教學能力變差了嗎？
↓是因為入學考試採計的科目減少嗎？
↓是因為年輕人口減少，入學考試變輕鬆了嗎？
↓是因為「寬鬆教育」政策的關係嗎？
↓是因為階級不流動，學習的慾望降低嗎？

如果只想到這些，只不過是把一般通俗的說法抄下來而已。再進一步把（1）、（2）、（3）用到這些主張看看。比方最開頭的：

是因為上課時數減少嗎？

↓上課時數真的減少了嗎↓需要有上課時數改變的統計資料

↓「上課時數」是指什麼？

↓上課時數是不一定等於學習時數？
↓在補習班的學習時數變長了嗎？ } ↓調查總學習時數的變化

↓如果真的減少的話，為什麼減少呢？

↓是因為實施週休二日制嗎？↓真的是這個原因嗎？↓比較實施週休二日制前後的上課時數

↓是自主學習的時數和跨領域學習的時數增加所致嗎？↓真的是這個原因嗎？

就像這樣，從問題↓問題，或是從問題↓答案↓問題，就可以創造出許多論點。

（5）除了這個程序之外，你一定同時也讀了一些資料或論文了。想一想，每篇論文的論點和作者的主張，與問題的範圍內的問題是否有關係，然後寫進問題的範圍內。

舉例來說，如果論者們的立場，只有一、「主張當時文部省推動的『寬鬆教育』政策是個錯誤」；二、「並沒有學力低落的問題，所以寬鬆教育應該實施」這兩種的話，那就很簡單。不過，隨著調查的進行，發現還有人主張「就是因為有學力低落的現象，才必須實施寬鬆教育」。問題的範圍裡面的「學力究竟指的是什麼呢」的這個問題，與剛才的發現結合起來，就會出現一個問題：認為寬鬆教育的失敗導致學力低落的人，和認為就算學力低落仍應實施寬鬆教育的人，對於「學力」的認定似乎不一致。將這個問題視為核心，繼續調查的話，也可以和其他的問題像是「究竟有沒有學力低落的現象」和「該怎麼應對」適當地結合起來，就應該能夠寫出不錯的論文大綱了。

請記得兩件重要的事：一、邊讀論文邊做調查的同時，也要反覆地使用撞球法，盡可能地把論點想出來；二、一開始的時候，不要只想著要趕快把論文整理出來，應該專注於充實問題的範圍，腦中閃過什麼問題就記下來。

【鐵則23】問題與答案的範圍的重點，是發現盡可能多的論點。先把論文是不是能處理所有論點這件事忘掉，盡情地運用靈感，擴展你的聯想力。

（三）從範圍到大綱

如上所述地將範圍擴大後，一個包含著相互關連的多個論點的結構，應該就會浮現（請見下頁圖）。我將圖示的這個結構稱為「地下莖」。世界上大部分的事情都出奇的複雜，想要一個不漏地處理它們，就會變成像這樣的雜亂結構。你的論文假使如實地呈現這種地下莖狀的結構，或許也不錯。如果用布滿連結的超文本（hypertext），這可能做得到。

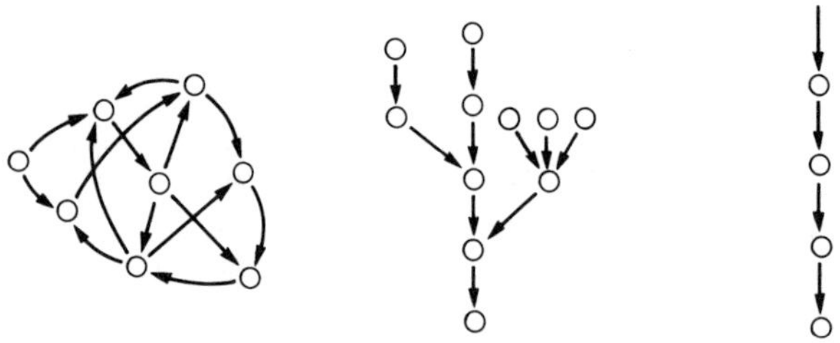

地下莖狀結構　部分順序　線性結構

範圍的結構

不過，目前我們所寫的論文，九九％都是從第一句寫到最後一句的這種線性結構。能夠恰當地表現這種線性結構的，最多也就是上圖中央那樣的結構（這種結構稱為部分順序）了。但是箭頭表示的是「要討論A的話就必須先討論B」這種關係。因此，如果要把調查所得的成果和範圍內記下來的項目，全都放進論文，那一定會失敗。

【鐵則24】要從問題與答案的範圍進展到大綱的時候，一定要捨棄某些內容。雖然很可惜，但請毫不猶豫地刪了吧。

那該怎麼取捨呢？

・首先，將自己最關心的問題擺在中間。

・為了解決這個中心問題，從問題與答案的範圍裡面，選擇相關的問題與議題。

・再來，考量自己的能力、時間、可否取得資料，以及能否提出新的論點，以此決定論文裡要選擇哪個問題或議題。

與其我在這邊說明，還不如實際做做看吧。

【練習問題8】

第一二八頁的圖是針對大學生學力低落的問題，做出的「問題的範圍」其中一例。從這個問題的範圍裡，選擇一個論文可以解決的問題，整理成暫定的大綱（可能的話，寫出兩個不同的大綱）。

六、範疇的階層結構

——差勁男，關於動物權利的那篇論文，你試著重寫一次吧。應該知道該怎麼做了吧？

——首先找一本「新書」來看，寫出問題與答案的範圍。然後再寫大綱，再將大綱膨脹。這樣對嗎？

——是的，我們討論過的就只到這邊。總之，先做到寫出大綱為止。

——對了，在寫問題的範圍以及最原始的大綱時，用電腦來寫會比較好嗎？

——這個嘛……最近有個叫大綱處理器（outline processor）的軟體呢。但以我的經

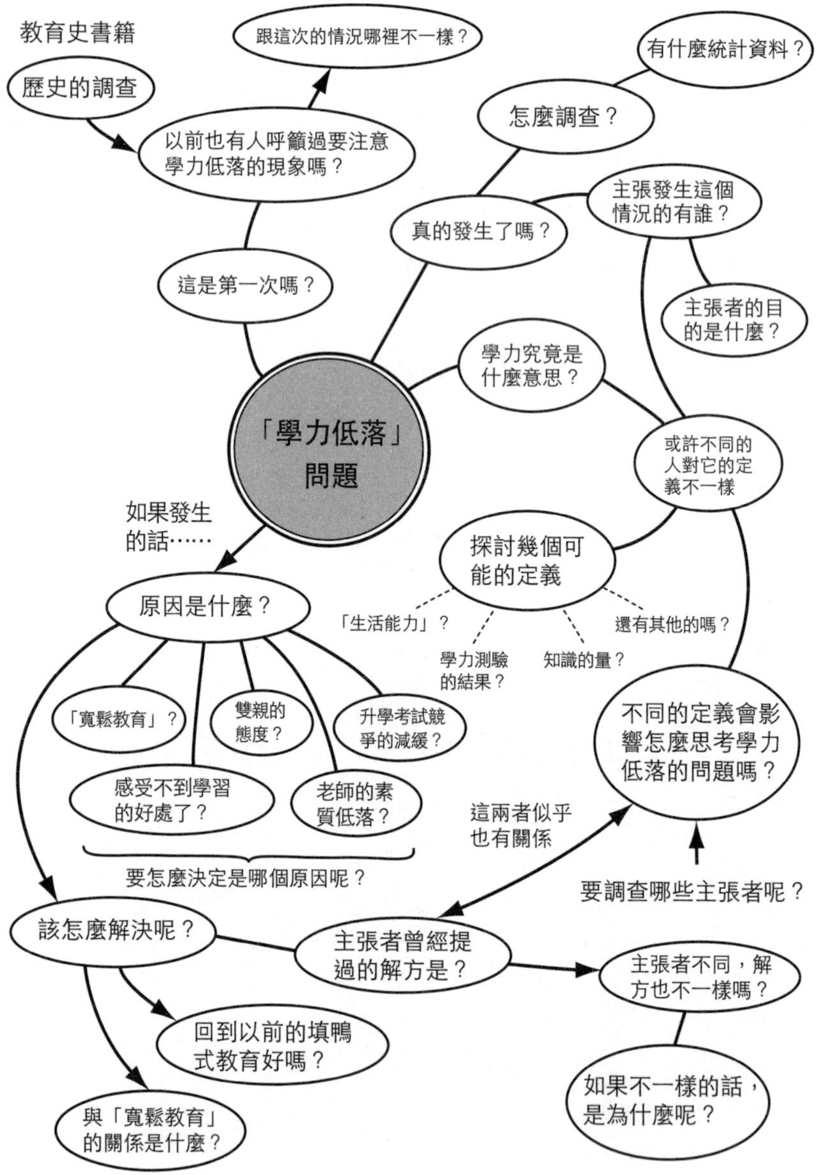
教育史書籍
歷史的調查
跟這次的情況哪裡不一樣？
以前也有人呼籲過要注意學力低落的現象嗎？
這是第一次嗎？
有什麼統計資料？
怎麼調查？
真的發生了嗎？
主張發生這個情況的有誰？
主張者的目的是什麼？
學力究竟是什麼意思？
「學力低落」問題
或許不同的人對它的定義不一樣
如果發生的話……
探討幾個可能的定義
「生活能力」？
學力測驗的結果？
知識的量？
還有其他的嗎？
原因是什麼？
「寬鬆教育」？
雙親的態度？
升學考試競爭的減緩？
感受不到學習的好處了？
老師的素質低落？
要怎麼決定是哪個原因呢？
不同的定義會影響怎麼思考學力低落的問題嗎？
這兩者似乎也有關係
要調查哪些主張者呢？
該怎麼解決呢？
主張者曾經提過的解方是？
主張者不同，解方也不一樣嗎？
回到以前的填鴨式教育好嗎？
如果不一樣的話，是為什麼呢？
與「寬鬆教育」的關係是什麼？

問題的範圍之例

驗，其實一張A4紙就夠了。不過這張筆記紙你到哪兒都要帶著。在列車上忽然出現的靈感、圖書館查到的資料、在電腦室查到的網路資訊、咖啡館裡讀論文想到的事情，這全都可以馬上記下來，讓問題的範圍擴大。這就是筆記紙的機動性優勢。我認為，散播「使用最新的科技就可以一直想出好點子」這種幻想，是不負責任的作為。你看，我就算心裡想著回到家要馬上把想法打進電腦裡，但一回到家，朋友就約去喝酒什麼的，立刻就把這事給忘了。

——要是我，就算不去喝酒也一定會忘記。

——人類的記憶是很貧弱的，腦袋裡不可能記得住和論文有關的所有論點。別再想用記的，要全部寫在筆記紙上。利用筆記紙來幫忙寫論文，頭腦會比較清楚。

……就這樣，大綱的繳交期限是一個星期後。

當心範疇錯誤的問題

（一星期後）

——大綱算是寫好了，請看一下。

標題（暫定）「應該承認動物有權利嗎？」

（差勁男的大綱第一版）

一、前言

・提問「應該承認動物有權利嗎？」

・主張「應該承認」

・各節的內容概要

二、問題的提出與問題的分析

「應該承認動物有權利嗎？」

（一）問題的背景

・「反對虐待動物」已被認為是不夠的

・虐待動物的現況

動物實驗

雞

小牛肉

肉食

（二）問題的說明

・「動物」的範圍

・「承認有權利」的意義是什麼

三、應該承認動物有權利的論點

主張：應該承認動物有權利

論據：

（一）介紹辛格的論點

（二）對辛格論點的批評

（三）對批評的回應

四、結論

——嗯，剛開始寫差不多就是這樣吧。你想用「應該承認」這個立場來寫對吧。在「對辛格論點的批判」這裡，你用了 **RPG** 法，想要提出你的論點沒錯吧？這樣很好。對了，你會寫「動物虐待的現況」，是為了說明，那是為什麼動物的權利會變成是個問題的背景因素之一，對吧？不過，你這裡為什麼選動物實驗、雞、小牛肉及肉食來寫呢？寫得這麼詳細有點奇怪，不覺得把太多東西放在一起了嗎？

——動物實驗你知道吧。「雞」的話……，就那個，為了節省空間，滿滿地塞在一起養的。叫什麼呢……

——是「集中飼養」嗎？那「小牛肉」呢？

——用來做炸牛排等等的小牛肉，顏色比較白，沒血腥味，很高級的。故意不提供鐵質讓小牛貧血，也不讓牠們活動，是牠們在運動不足的情況下被養大取得的肉。我看過照片，超殘忍的。

——用小牛肉的炸牛排嗎？沒吃過。

——哦？老師你也是動物解放論者嗎？

——傻瓜，我沒錢吃。大致上知道你想說的了。以目前這個階段來說，這當成寫論文的筆記還不錯，但要靠這個來完成論文，還有點見不得人。

——為什麼呢？

——你聽過**範疇錯誤**（category mistake）嗎？

——mistake是指哪裡錯了對吧，但是「範疇」是什麼呢？

——範疇錯誤是哲學家賴爾（Gilbert Ryle）創造的詞彙，他這麼說明：假設你參加了大學的說明會，第一次到大學參觀。大學裡的教室、圖書館、運動場、研究室、辦公室……大概都參觀過之後，你說「可是，大學在哪裡呢？看了學生讀書的地方，也看到科學家做實驗的場所，但就是沒看到大學啊」。

——我才不會說出這種傻話。大學不就是教室、研究室、辦公室等等這些部分合起來的嗎？

——那到底是什麼？

——嗯……教室、圖書館、運動場，這類地方集合在一起，或使用這些設施的團體或組織，大概就是這樣吧。

——對吧。所以把大學跟這些建築物放在一起談很奇怪。教室、圖書館、運動場……屬於同一個範疇，也就是屬於設施或建築物這個範疇，而大學則屬於另一個範疇。範疇錯誤，指的就是把屬於不同範疇的東西，當成在同一個範疇裡面。

——我犯了範疇錯誤的問題嗎？

——是的。你想舉虐待動物的例子對吧。這麼一來，你舉的例子都必須得是人類對待動物的行為，不是的話會很奇怪。動物實驗和肉食可以，因為都是人類的行為。但是「雞」是動物種類的名稱，而「小牛肉」則是食材的名稱。把各種不同範疇的東西放在一起，會非常難理解。要分類東西的時候，必須用同樣的觀點來分類。分類生物的時候，如果分成「單細胞生物、開花植物、用醋醃很好吃的魚類」很奇怪吧？

——這樣的話，把它們全部改成人類的行為，就沒問題了吧。嗯……

・虐待動物的現況

動物實驗

雞隻的集中飼養

小牛的飼養方式

肉食

——好多了。不過還有一點要注意的，是**範疇的階層**。

——那是什麼？

——這四項裡面，只有「雞隻的集中飼養」和「小牛的飼養方式」這兩項是針對特定動物的，你不覺得有點奇怪嗎？這兩者有共通點嗎？

——這兩項都跟飼養方式有關。

——沒錯。所以應該把兩個合起來變成「不自然的飼養方式」，雞隻和小牛都是它的次分類。亦即：

・動物虐待的現狀

動物實驗

不自然的飼養方式

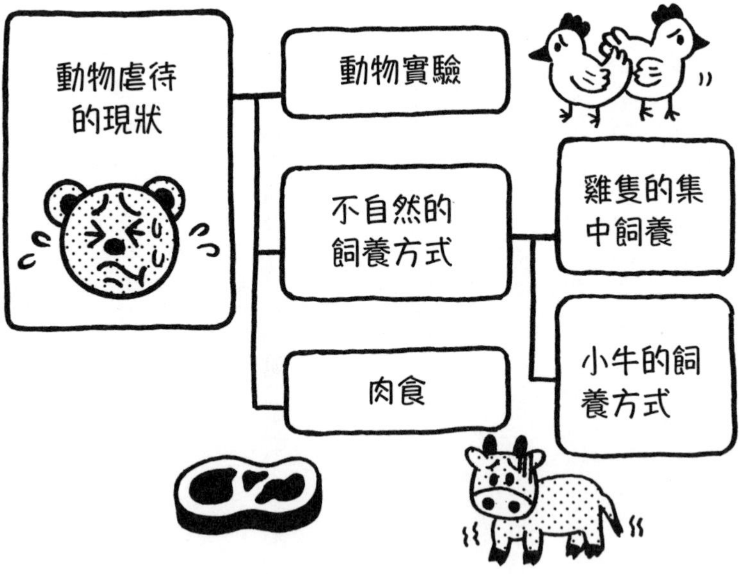

肉食 { 雞隻的集中飼養
　　　 小牛的飼養方式

——的確，這樣清楚多了。

——寫大綱的時候，要記得不可以犯範疇的錯誤。依照以下的原則就不會錯。

【鐵則25】為了避免範疇錯誤，一個階層裡，只能包含屬於同一個範疇的項目。

【練習問題9】

以下所舉的大綱（其中一部分）例子中，範疇的階層結構不佳。請整理所列的項目（如果有必要的話列出新的項目），把它們修改成具有良好階層結構的大綱。

（一）

・讓老師傷腦筋的學生「問題行為」

考試作弊

上課缺席

上課聊天

上課使用手機

上課沒上課的樣子
遲到、早退
夾帶小抄
聚會時強迫別人「乾杯」

（二）
・日本政治體系的問題
政界、官僚、企業之間的勾結
違反選舉法
空降部隊
政二代橫行
浪費錢的公共事業
派系鬥爭
昂貴的選舉

——不過，第一三〇頁的大綱似乎只是整理辛格的論點而已，你這樣大概會寫成一篇沒有原創性的論文。

——這可不行啊。然後，如果贊成動物有權利的話，會變成不可以吃肉，這我也不喜歡。

——試試撞球法如何？用「真的嗎」這個問題去撞撞看。如果承認動物有權利的話，真的會變成不能吃肉嗎？這理由是正確的嗎？應該要思考一下吧。

——是喔。那我想一想再加上去或許就可以了。不過，在論文的最後，突然寫「還可以吃肉嗎」，會怪怪的吧。

——那這樣如何？你可以多加一節，討論「如果承認動物有權利的話，我們對動物的態度必須做哪些改變」，然後在裡面考慮吃肉的問題。

——原來可以這樣。……那我參考老師的建議，試著把大綱膨脹看看。

以下是新的大綱。

標題（暫定）「應該承認動物有權利嗎？」
（差勁男的大綱第二版）

一、前言
・提問「應該承認動物有權利嗎？」
・主張「應該承認」

・各節的內容概要

二、問題的提出與問題的分析
「應該承認動物有權利嗎？」
（一）問題的背景
・「反對虐待動物」已被認為是不夠的
・虐待動物的現況
動物實驗
不自然的飼養方式
{ 雞隻的集中飼養
小牛的飼養方式
肉食
（二）問題的說明
・「動物」的涵蓋範圍有哪些
・「承認有權利」的意義是什麼
承認動物有權利，是比單純地「反對虐待動物」更進一步的立場

三、應該承認動物有權利的論點

主張：應該承認動物有權利

論據：

（一）介紹辛格的論點

（二）對辛格論點的批評

（三）對批評的回應

四、承認動物有權利的結果

（一）是否不能進行動物實驗

（二）動物的飼養方式會怎麼改變

（三）是否不能食用動物

五、結論

——嗯。你加了第四節，要討論如果承認動物有權利，第二節的（一）指出的現況會改變還是不會改變。結構很清楚。嗯，如果內容寫得好，寫出來應該會有論文的樣子。對了，你已經徹底瞭解辛格的論點了吧？

——沒有，正準備開始讀。

第六章　論證的技術

讓我們稍微複習一下。論文基本上是為了「說出自己想說的話」。因此，缺乏結論（主張），讓人完全摸不清想說什麼的，是最差勁的「論文」。但論文也嚴禁「信口開河」。也就是說，必須把自己想說的事情，用能夠一般化的形式來提出主張，才算得上是論文。換句話說，論證自己想說的事情，不只是單純地說出自己想說的事情而已。論文必須有論證。

那「論證」又是什麼呢？在這一章，我先廣泛地說明論證的意義，然後闡述有哪些因素會決定論證的說服力。接下來，我整理出幾種論證的模式，指出使用它們的時候應該注意的地方。最後，我將和大家一起來思考，在學得了這些知識之後，怎麼應用它們來批判，也就是反駁別人的論證。

一、論證是什麼？

——我對「論證」這玩意一直很好奇。先提出問題，接著針對問題提出我自己的答案，這個答案就是結論，然後論文就是要在正文裡論證我的結論。到這邊都還沒有問題。不過，「論證」到底是什麼？該怎麼論證？這對我來說，仍然是個謎。

——所以本章才要談論證嘛。我先對論證下個大膽的定義。

【定義】論證是什麼呢？比起只是堅持「就是A！」，我們想要在邏輯上稍微提高「A」這個主張的說服力。為了達成這個目標的言語行為，稱為論證。

呵呵，這個定義還滿含蓄的。

——別老王賣瓜了，倒是說明一下啊。「A」是什麼？

——「A」就是想要主張的語句。比方說，「A」可以是「應該增加消費稅」，或者「應該推動非核政策」。

——那「言語行為」呢？

——假設胖虎說：「我很強喔！」大雄卻回：「你光說不練，我才不信！」胖虎怒道：「你說什麼？」而把大雄痛扁一頓。於是，大雄眼角瘀著血，說：「胖虎，我相信了，你真的很強。」在這個例子裡，痛打大雄的行為，就把「我很強喔！」這個主張的說服力，一下子提高了不少。

——我才不想被這樣說服咧。

——但是，胖虎並不是透過言語來提高他的說服力。也就是說，不是言語的行為，就談不上是「論證」。這就是「言語行為」的意思。

——原來如此。那「邏輯上提高」又是什麼意思？

——並不是所有利用言語來提高說服力的方式都是論證。像是用哀求或推銷手法來蠱惑時，想要利用欲說服對象的非邏輯思考、訴諸其感情，即使說服的時候用的是言語，也不能算是論證。

——那為什麼說是「稍微」呢？這聽起來還滿丟臉的。

——這個後頭再說。我們先看一些論證的具體例子吧。假設現在天氣很好，以下是兩個人的對話。

（一）快下雨了。

（二）快下雨了，因為氣壓計的讀數持續下降。氣壓計的讀數下降的話，馬上就會下雨。

（一）和（二）的主張相同（快下雨了），但（二）的說服力比（一）強，因為（一）不是論證，但（二）是論證。

氣壓計的讀數下降的話，馬上就會下雨**（根據 1）**
氣壓計的讀數持續下降**（根據 2）**

∴快下雨了**（主張）**

圖 1（二）

——是因為主張還附了一些東西嗎？

——是的。論證大致上是由主張和根據組成。（二）的「快下雨了」是主張，而根據則有兩個，「氣壓計的讀數持續下降」和「氣壓計的讀數下降的話，馬上就會下雨」，如圖1所示。

橫線上方寫的是根據，下方則是主張。主張只有一個，但根據可以有很多個。就實際上的論證來說，主張和根據的順序，可以有很多種。例如：

（三）氣壓計的讀數持續下降。氣壓計的讀數下降的話，馬上就會下雨。因此，快下雨了。

也可以像上述這樣把根據放在前面，主張擺在後面。如果對照論文的結構（參見第八七頁），（三）是屬於「多方考慮之後，結果是這樣」型。而剛才的（二）則是「我的想法是這樣，因為……」型。除此之外，比方說：

（四）氣壓計的讀數持續下降。因此，快下雨了。因為氣壓計的讀數下降的話，馬上就會下雨。

像這樣把主張用兩個根據夾在中間的方式，也是可以的。就論證的結構來說，它們都一樣。

【鐵則26】論證不見得要把主張擺在根據後面。注意「所以」、「從而」、「因為」這些詞，看清楚哪些是根據，而主張又是哪一個。

二、好的論證和差的論證之別

——但是要注意，就算具備論證的形式，也不見得都能提高主張的說服力。

——啊？會這樣嗎？比如說？

——比如說有人提出以下的論證，那我們也不會認為它提高了「快下雨了」這個預測的說服力，對吧？

（五）快下雨了。因為聽到雨神發出吼叫聲後，馬上就會下雨（圖2）。

雨神發出吼叫聲後，馬上就會下雨**（根據 1）**
雨神發出吼叫聲**（根據 2）**

∴快下雨了**（主張）**

圖 2（五）

——根本就會覺得這個人有問題吧。

——但是（五）和（二）的形式一模一樣。形式一樣的論證，有可以把主張的說服力一下子提高很多的，也有只能稍微提高的，還有完全不能提高的。如果瞭解它們之間的差異，就可以利用這項知識，知道要怎麼提出說服力高的論證。接下來想想這個問題：雖然（二）和（五）的論證形式一模一樣，但是（二）提高說服力的能力還不錯，（五）卻完全不行。為什麼呢？

——嗯……，「氣壓計的讀數下降的話，馬上就會下雨」，這在地球科學課也有學到，所以應該是對的。但是「聽到雨神發出吼叫聲後，馬上就會下雨」，就完全沒有經過驗證，講這話的人只是隨便說說而已。而且，氣壓計的讀數持續下降這件事，如果經過自己的眼睛確認，那應該可以相信。相反地，只有那個人覺得聽到的是雨神的吼叫聲，其他人都不覺得聽到的是那回事，想確認也沒辦法吧。

——所以，（二）和（五）的差別，是它們依賴的根據本身可否信賴嗎？

——不是嗎？

——OK。讓我們整理一下。可以把主張的說服力一下子提高很多的論證，我們稱為「好的論證」，不怎麼能提高或是完全不能提高的，則稱為「差的論證」。（二）是還算好的論證，（五）則是差勁的論證。因此，

【好的論證第一個條件】好的論證所使用的根據，本身必須要有充分的證據支持。

——是說論證不只包括主張和根據這兩個要素，而是包括主張、根據及證據這三個要素嗎？

——是的。證據雖然常常隱藏起來不易發現，但卻是好的論證不可或缺的要素。證據有許多種，有像氣壓計的讀數這類看了就知道的，也有像氣壓計和下雨之間的關係這種，它本身是氣象學透過一長串複雜論證才得知的結果。可見圖示（圖3）。

——論證的好壞，看起來好像是程度的問題，是嗎？

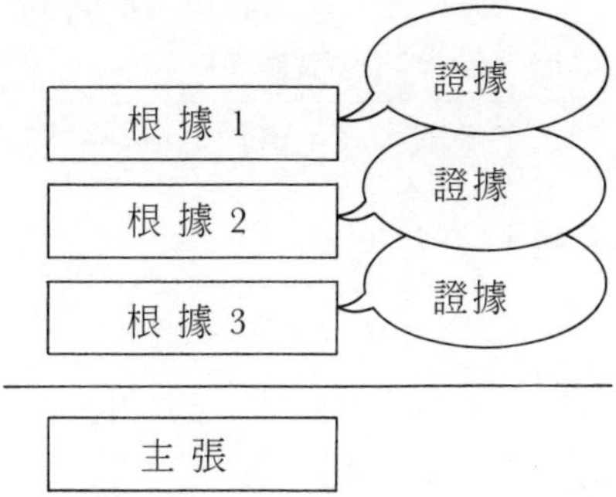

圖3 論證的結構

——沒錯。所以就算是（二），也不是好到會閃閃發光的最佳論證，它只是比較認真的論證而已。為什麼呢？因為可以想到很多理由來反駁它。你來說說看？

——可以質疑它的根據有沒有好的證據，對吧？比如說，你確定你看的真的是氣壓計而不是體重計嗎？或是你看氣壓計的時候，人是不是在飛機上？等等。或者「氣壓計的讀數下降的話就會下雨」，這可以相信的程度有多高呢？也會有氣壓計的讀數下降了，但卻沒有下雨的時候吧？等等。

下過雨的話，地上會溼（**根據 1**）
地上溼溼的（**根據 2**）

∴下過雨了（**主張**）

圖 4（六）

——是的。所以，當這些「質疑」有堅實的證據的時候，論證（二）的說服力一下子就降低了。「反駁」指的就是那些質疑了論證，讓論證的說服力降得很低的說法。寫論文的時候，為了主張自己的說法比別人更好，會試著反駁對方的說法所依據的論證。因此，為了做出好的論證，也要注意能夠反駁對方論證的技術。

【反駁的第一個技術】檢查對方論證的根據是否有好的證據支持，質疑證據不足的根據。

——以上是做出好論證的條件的第一課。

——所以還有「第二課」嗎？

——嗯。為了上第二課，我們先看另一個論證。

（六）一定下過雨了。為什麼呢？因為下雨地會溼，現在地上溼溼的（圖 4）。

這個論證，有增加「應該下過雨」這個主張的說服力嗎？

若 A 則 B（**根據 1**）
B（**根據 2**）

∴ A（**主張**）

圖 5（六）的論證形式（六*）

——有吧。我也是看到地上溼溼的，就想到下過雨了。

——是嗎？只有下雨地才會溼嗎？

——啊，對喔。有人在地上灑水，或者水管破掉也會。這麼說來，這個論證好像沒有增加什麼說服力。

——嗯，因此（六）也是差的論證，不過（六）不好的原因，與剛才的（五）不一樣。

——欸，（五）不好的原因是因為根據沒有證據支持，但（六）是說「下雨地會溼」，如果不挑像「屋簷下的地面不會溼」這種毛病的話，（六）還是可以說是正確的。因為「地上溼溼的」是親眼看到的，應該可以說是支持它的證據。也就是說，論證（六）的兩個根據都有證據支持，滿足了好的論證第一個條件。

——是的。即便如此，（六）還是一個差的論證。不用看論證的內容，光看它的形式就知道了。把（六）的論證的形式抽取出來，就像圖 5。稱它為（六*）。現在假設「若 A 則 B」和「B」這兩個主張的說服力都是百分之百。

——是說兩個都確認過，百分之百是正確的，對吧。

——是的。但是從這兩個根據，並不能推導出「A」，因為可能

若A則B（**根據1**）
A（**根據2**）

∴B（**主張**）

圖6（二）的論證形式（二*）

會有「非A，但B」的案例。因此，從「若A則B」和「B」，是無法推導出「A」的。

——下雨的話地上會溼，這是對的。實際上，地上也真的溼溼的。即使這兩個都確認了，但是就算不下雨，有人灑水或是水管破裂，地上也可能會溼。啊，這就是「非A，但B」的例子。

——沒錯。像這種根據都是對的，但主張卻是錯的例子，稱為「**論證的反例**」。像「非A，但B」的例子，就是論證的反例。如果論證有反例的話，就算根據百分百正確因而具說服力，這說服力也完全無法傳遞給主張。

——那這種就不要稱為論證比較好吧。

——是的。來想想看（二）好不好吧。跟剛才的（六）一樣，把（二）的形式抽取出來，如圖6所示，（二）的形式稱為（*二）。

——嗯，跟剛才的（*六）類似，但有細微的差異。

——其實差很多，這個沒有反例。

——就是說如果「若A則B」和「A」兩個都百分之百正確，那「B」也會百分之百正確。

——沒錯。因此，這種形式的論證，可以把根據所具備的說服力，完全地傳遞給主張，是「保有說服力的論證形式」。讓我把（*二）這種沒有反例的論證形式，稱為「**妥當的論證形式**」吧。（*二）是妥當的論證形式的代表性案例，拉丁文稱為 **modus ponens**（**肯定前件**）。相較之下，（*六）不是妥當的論證形式。雖然（六）的兩個根據都極具說服力，但主張卻完全沒有說服力，因為（六）的論證形式（*六）不是妥當的論證形式。因此我們有了第二個條件：

【好的論證第二個條件】好的論證必須具備妥當的論證形式。亦即，它是不能有反例存在的論證形式。

和上述反駁的第一個技術一樣，從這個條件反過來說，就成了反駁對方的「論證」的技術。

【反駁的第二個技術】檢查對方論證時使用的論證形式，如果用了不妥當的論證形式，就可以質疑它。

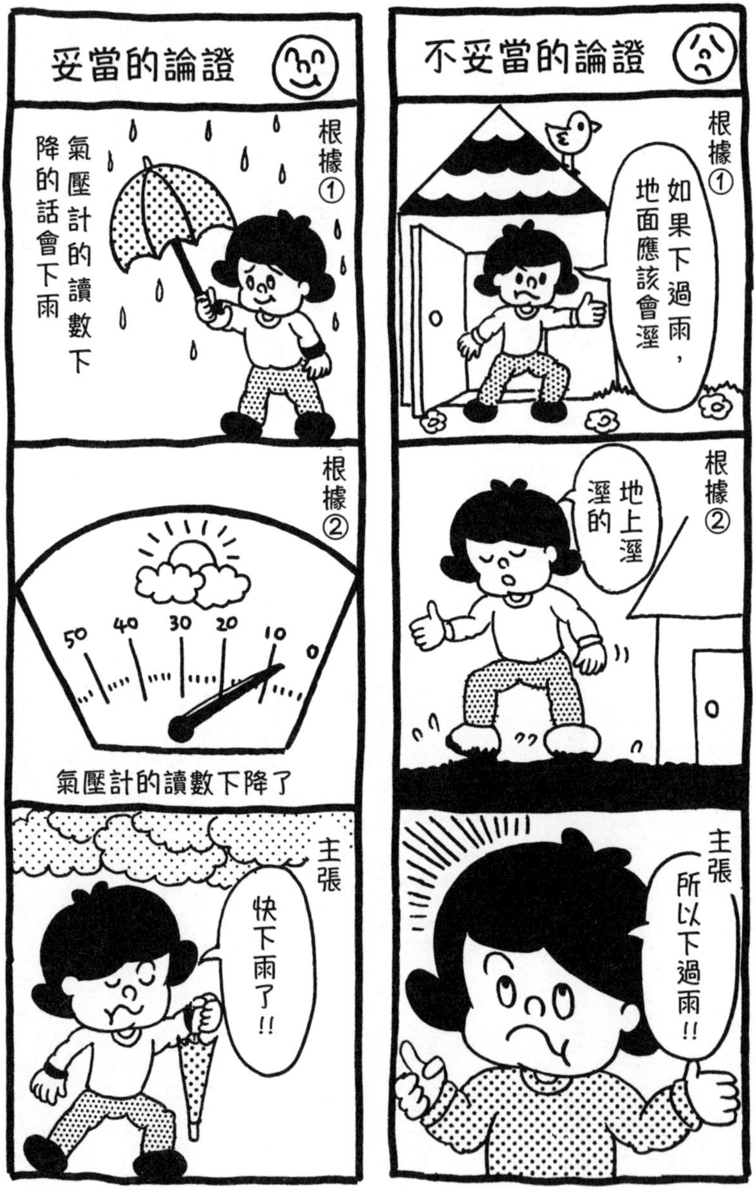

妥當的論證
根據①
氣壓計的讀數下降的話會下雨
根據②
50 40 30 20 10 0
氣壓計的讀數下降了
主張
快下雨了!!
不妥當的論證
根據①
如果下過雨，地面應該會溼
根據②
地上溼溼的
主張
所以下過雨!!

——原來如此。那檢查論證形式妥不妥當，該怎麼做呢？

——如果你想要一個能適用任何情況的萬能方法，必須認真地學邏輯。可以讀戶田山和久的《邏輯學的創造》（名古屋大學出版會）。

——咦，好像在哪裡聽過這個名字。

——說可惜也好，說幸運也罷，因為現在不是學邏輯的時間，我只能很簡單地說說。看論證是不是具備妥當的形式，要檢查底下幾項：

（1）首先把論證的內容忘掉。然後，就像從（六）到（六*）一樣，用A、B等字母來置換句子，抽取出論證的形式。

（2）仔細觀察這個論證的形式，想想看是否存在著所有根據都成立，但主張卻不成立的例子。

（3）如果發現這種例子，那就是這個論證形式的反例。因此，該論證使用了不妥當的論證形式。

——嗯，可是（五）的話呢？（五）和（二）是同樣的論證形式……叫什麼來著？

——肯定前件。

——對對，（五）用的也是肯定前件不是嗎？如果（二）是好的論證，（五）應該

若 A 則 B（**根據 1**）
非 A（**根據 2**）

∴非 B（**主張**）

圖 7 不妥當的論證形式之代表例

若 A 則 B（**根據 1**）
非 B（**根據 2**）

∴非 A（**主張**）

圖 8 modus tollens

也是吧？

——我說你啊，好的論證要同時滿足第一和第二個條件。（二）兩個條件都滿足了，所以是好的論證。（六）只滿足條件一，沒有滿足條件二，所以是差的論證。至於（五）則剛好相反，只滿足條件二，但沒有滿足條件一，所以也是差的論證。

【練習問題10】

（一）雖然（六）*不是妥當的論證形式，但它是我們容易誤認為妥當的論證形式的代表性例子。同樣地，圖7是另一種不妥當的論證形式，我們也容易把它誤認為是妥當的。

請用具體的例子，舉出這個論證形式的反例。

（二）圖8是和肯定前件很像的論證形式，稱為 **modus tollens**（**否定後件**）。

它是妥當的論證形式。首先，請說明這個論證形式沒有反例。因為它沒有反例，使用這種形式的論證滿足第二個條件。再來，請舉出具體的例子，指出使用這種論證形式，又滿足第一個條件的好論證，以及使用這種論證形式，但不滿足第一個條件的差勁論證。

不是 A 就是 B（**根據 1**）
若 A 則 C（**根據 2**）
若 B 則 C（**根據 3**）

∴不論如何，C（**主張**）

圖 9 建構兩難律

不是 A 就是 B，不然就是 C（**根據 1**）
若 A 則 D（**根據 2**）
若 B 則 D（**根據 3**）
若 C 則 D（**根據 4**）

∴不論如何，D（**主張**）

圖 10 個案證明法

三、妥當的論證形式之例

妥當的論證形式有許多種。以下所舉的是你們寫論文時，實際用得到的妥當論證形式的代表性例子。

（一）建構兩難律（constructive dilemma）與個案證明法（proof by cases）

（圖 9。個案增加的話，就像圖 10 一樣，可以用同樣的方式一般化）

【例】

犯人逃跑要不是搭飛機，就是坐新幹線。
搭飛機逃跑的話會把盤纏花光。
坐新幹線逃跑的話會把盤纏花光。
因此，不論如何，犯人都會把盤纏花光。

【質疑之道】

——差勁男，這次換你想反駁這種形式的論證，該從哪裡下手？

——欸，這是妥當形式的論證對吧。這樣的話，它自動地滿足了好的論證第二個條件了。……這麼一來，能質疑的地方，就只有它不滿足條件一了吧。

——也就是說？

——就是選出一個根據，指出它的證據不足，可能有錯。對吧？

——沒錯，就只有這種可能。這有兩種作法。

①反駁個案證明法並沒有窮盡所有情況

亦即「不是A就是B」是錯的，可能會有既非A也非B的例子。

——比如說？

——欸，比如說犯人可能搭朋友開的車逃跑，也就是說，逃跑的手段有可能既不是新幹線也不是飛機。這樣可以嗎？

——好。那我們看另外一種。

②質疑個別的條件句

反駁「若A則C」沒有充分的證據。亦即指出即便A是對的，C也是錯的例子。

——比如搭飛機是免費的。

——不太可能吧？

假設非 A，那麼（接著論證）
產生矛盾**（根據）**

∴ A **（主張）**

圖 11 反證法 1

假設 A，那麼（接著論證）
產生矛盾**（根據）**

∴非 A **（主張）**

圖 12 反證法 2

——那不然犯人買機票雖然花光了盤纏，但可能在機場勒索旅客，得手一筆錢呢？

——這有可能。或者可能從朋友那邊拿到盤纏等等。亦即有什麼讓犯人的盤纏不會花光的原因。反過來說，當使用這種論證的時候，要預先設想會被怎樣質疑，必須考慮①個案證明法是否已經窮盡所有的個案，或者檢查②個別的條件句，是否每一個都有充分的證據。

（二）反證法（proof by contradiction），或稱歸謬法（reductio ad absurdum）

在邏輯學中，正式的說法是圖11才叫反證法，但也有人把圖12的形式稱為反證法。我這邊先不區分兩者。

——來啦！我中學的時候學過反證法，但總覺得老師是矇混過去的，其實瞭解得不是很透徹。大致上意思是「所以產生了矛盾」吧？

——「產生矛盾」大致上有下列三種模式。

①產生了最先假設的命題（非A／A）的反命題（A／非A）。

②從最初假設的命題，產生了相互矛盾的命題。亦即從假設同時

產生了B和非B兩個命題。

③從最初假設的命題，產生了違反已經認定為正確的常識，或者違反了論辯當事雙方所同意的事項的命題。

……如果發生上述任何一種情況，那麼原本非A（或者A）的假設就是錯的，結論應該是A（或者非A）。這就是反證法。

【例】

OK。假設就像你說的，地球實際上是空心的，有個洞貫穿南北極，幽浮從中出入，而從洞裡露出的光就是極光。這麼一來，因為地球內部中空，地球的質量會比一般認定的還要小的多。因此，根據萬有引力定律，我們與地球之間的重力，應該小到我們無法站立的程度。這與我們可以牢牢地站在地表這個事實矛盾。因此，你的地球空心說是錯的。

【質疑之道】

——這個例子是上述三種模式裡的哪一種呢？

——從地球空心說這個假設，推導出我們無法站在地表上這個違反常識的事，所以是第③種。使用反證法的論證，有下列三個可以質疑的地方。

①從假設推導出矛盾的那個論證，是個好的論證嗎？

②推導出的「矛盾」，真的是矛盾嗎？

③如果推導出違反已經認定為正確的常識，或者違反雙方所同意的事項因而「矛盾」的時候，那真的是「常識」嗎？或者那真的是「同意事項」嗎？

【練習問題11】

犯罪發生當下，安東尼正在曼哈頓，與弗里一同吃飯。同一時間，喬和查德在西雅圖，一起為馬林魚隊加油。假設上述兩個目擊證詞都是正確的。查德又提出「我那時看到安東尼」的證詞。使用反證法，試著論證「查德說謊」這個主張。

四、稍弱的論證形式之例①（歸納論證）

以上我從肯定前件、否定後件，一直到反證法，介紹了四種妥當的論證形式。假如這些論證形式所使用的根據百分之百都正確，那麼，它們的主張也會是百分之百可信。換句話說，對於這種論證的形式，根據的可信度能夠完全地傳遞給主張。它稱為「**演繹論證**」。由於根據的可信度可以原封不動地傳遞，使用演繹論證的時候，如果採用有堅實證據支持的根據，那麼，主張的可信度也會相應地提高很多。

但是我們一般所說的論證，範圍比演繹論證要再廣一點，還包括了那些根據的可信度無法完全傳遞給主張的論證。對於這類的論證形式來說，雖然主張的可信度有提高，但還不到非常醒目的程度，然而，有總比沒有好。

——啊，所以你之前才會說論證的定義是「稍微提高說服力」。

——是的。比方說「每個人都曾獨自旅行」這個主張好了。

——這好像是以前的民謠啊……。不過突然提出這個主張，說服力是零喔。

——沒錯。但如果給出以下的根據呢？

建志曾經一個人旅行。則彥也曾一個人旅行。卓朗也曾一個人旅行。小步也曾一個人旅行。信安也曾一個人旅行。所以不管是誰，都曾經一個人旅行。

——「這個人曾經一個人旅行，那個人也曾一個人旅行，所以大家都曾一個人旅行。」嗯，這比突然提出主張來得有說服力。

——但是，就演繹的論證形式來說，這並不妥當。邏輯上來說，不管有多少個例成立，也不能說所有的都是這樣。當作根據的命題就算百分之百正確，主張也不會百分之百可信。

——但這種論證不是很常用嗎？

——沒錯。如果不使用這種論證的話，教科書上記載的一般性知識，連一項都無法得到。這種論證稱為「**歸納論證**」，有時候會承認它「還算不錯」。如果不從事歸納論證，我們的知識，永遠不可能超過個別的事例。

歸納是非常重要的論證，但要區分出好的和差的歸納論證很困難，不像分出好的和差的演繹論證那麼容易。這是科學哲學還沒解決的問題之一，因此我在這邊只能粗略地說明。以下我們透過一些例子來指出質疑之道，瞭解從事這種論證必須注意的地方。

【質疑之道】

① 樣本必須盡可能越多越好

愛說教的大叔常說的「聽好了，人啊……」這種主張，樣本通常只有自己一個人。這時我們就可以用「你究竟調查了多少人，你問過所有人了嗎？」來質疑。不過，就實際的社會生活來說，最好不要這樣小家子氣地質疑。就回他「是、是」，默默地聽就好。但寫論文的時候就不一樣了。樣本不足，就是很好的反駁理由。

② 樣本必須盡可能地多樣化

如果「每個人都曾獨自旅行」所根據的事例，只有住在青年旅館的背包客，那樣本的來源就過於偏頗，這是不行的。必須在年齡、性別、地域、職業等等特性上，盡可能地從不同的群體隨機蒐集樣本。

③普遍性可能出於偶然

公寓裡住了十個人，問每個人的出生月分，發現大家都是五月生的。因此，「住在這個公寓裡的人都是五月生的」這個主張並沒有錯。但這個普遍性只是出於偶然。這個主張只基於十個樣本，因此一定會面對「那又怎樣？」的問題。根據這個主張，並不能預測下一個入住的人一定也是五月出生，因此，該主張過於薄弱，無法成為其他主張的根據。

④可能會有例外的情況

如果照字面上的意思理解「每個人都曾獨自旅行」，只要有一個人不曾獨自旅行，那這個主張就是錯的。不過，提出該主張的人，想要主張的程度其實並沒有那麼強。不管任何主張都有例外，因此把「每個人都曾獨自旅行」的主張，想成只是主張「大多數人都曾獨自旅行」、「一般來說，人在一生之中，會有一次獨自旅行」的話，會比較符合實際的情況。如果不這樣想，那圖鑑上的陳述「腹蛇的體色是紅褐色」就是在說謊，因為腹蛇也有罕見的突變白子存在。

因此，反駁歸納論證的時候，如果只找到一個例外，那只是吹毛求疵而已。少數的例外並不會讓歸納論證的說服力一下子降低，但如果例外不只是「少數特殊個案」，那就麻煩了。如果例外是樣本群體裡典型的組成分子，而且數量還很多的話，就成了有效的反駁。

——如果有很多例外，歸納論證就沒救了是嗎？

——嗯，那倒不見得。如果這些例外都與典型的情況不同，而你也能夠完整地說明為什麼這些特殊情況與主張不合，那麼，透過歸納論證而得的主張，還是可以站得住腳。例如，透過調查一些樣本，你主張「名古屋幾乎所有的咖啡館，點咖啡都會附小菜」。

——咦，真的嗎？會附什麼東西呢？

——花生、醬油米果、鹹豆子、小的瑪德蓮蛋糕等，也有店家附水煮蛋的。假設針對這個主張，有人指出了例外的情況：「這家、這家和那家店，都沒有附小菜。」這時候我們就可以反駁：「別說蠢話了，你說的這家、那家都是全國性的連鎖店。因為它們的菜單是全國統一的，嚴格地說，它們不能算是名古屋的咖啡館。」

五、稍弱的論證形式之例②（逆推、假說演繹法、類比）

稍弱的論證形式除了歸納論證之外，還有其他幾種常用的論證形式。在此舉出三個例子。

已知 A（**根據 1**）
假設 H 的話，就可以很好地說明 A（**根據 2**）
沒有其他能與 H 匹敵，能夠很好地說明 A 的假說（**根據 3**）

∴ H 可能是正確的（**主張**）

圖 13 逆推法

（一）逆推法（abduction，圖 13）

【例】

最近女友都不太接我的電話，跟我說話時也常常心不在焉。休假的時候，她都拿著像是禮物的東西出門去。假設她有了新對象，上述這些事情就統統可以解釋了。除此之外，也沒有其他可以說明所有這些事情的假說。因此，女友應該是有新對象了。

比起單單只是主張「女友應該是有新對象了」，上述的根據，多少提高了主張的說服力。

【質疑之道】

——外星人把地球人拐走，也叫「abduction」呢。

——的確，跟意為誘拐的 abduction 是同一個詞。deduction 是演繹，induction 是歸納。abduction 是美國邏輯學者皮爾斯（Charles Sander Pierce）命名的，而哲學家哈爾曼（Gilbert Harman）則稱它為「最佳說明推論」（Inference to the Best Explanation）。

——這名稱還比較容易理解。

如果 H 假說是正確的，B 應該會成立（**根據 1**）
實際上 B 成立（**根據 2**）

∴ H 可能是正確的（**主張**）

圖 14 假說演繹法

——這個論證形式的重點，是「H 是 A 的最佳說明」，亦即「沒有和 H 一樣可以很好地說明 A 的假說」。可以和 H 競爭的假說，稱為「對立假說」。因此，要反駁逆推法最有效的手段，就是提出比 H 還更能說明 A 的假說。你來想一個吧。

——比如說女友的祖母重病住院，她休假的時候都去探病。這怎麼樣？

——嗯。這個假說也可以說明女友行為的改變。因情人變心而傷悲的男人，會在這類假說和對立假說之間反反覆覆，心思紊亂。

——我怎麼覺得好像已經不是別人的事了。

（二）假說演繹法（圖 14）

逆推法的目的，是為了說明已知的資料（女友態度的變化）而去主張一個新的假說，可以說是一種提出假說的邏輯。

但是一般不會主張這樣子提出的假說就是正確的。在逆推法之後，常常需要驗證假說。這就是假說演繹法。

如果 H' 假說是正確的，C 應該會成立（**根據 1**）
實際上 C 不成立（**根據 2**）

∴ H' 是錯的（**主張**）

圖 15 對立假說的反證

【例】

如果廣義相對論是對的話，水星的近日點會有近動的現象。根據觀測的結果，得知水星近日點有近動現象。因此，廣義相對論是正確的。

利用逆推法由A提出假說H後，從H推導出與A不同的B預測。如果預測屬實，H就進一步地被驗證了……但是以演繹論證來說，這並不是妥當的論證，因為這跟前述差勁論證的例子（*六）的形式一樣。但為什麼說H的說服力還是提高了呢？因為它滿足了下列條件之一：

①沒有其他能與H匹敵，能夠很好地說明A的對立假說。

②和H同樣好地能說明A的對立假說H'，因為發生如圖15的情況而被駁斥。

——圖15的論證是否定後件，是妥當的演繹論證。也就是說，雖然假說H和對立假說H'都同樣可以說明A，但從H推導出的新預測B被證實，而從H'推導出的新預測C則否，因此，對立假說H'就在競爭中落敗了。

——要驗證假說，就好像對手要跌倒才算數一樣。真是無情的世界啊。

——用剛才為感情煩惱的男性的例子來說明，假說H是「女友有了新對象」，而H'則是「女友的祖母生病了」。兩個假說各自可以導出以下漫畫的預測。

如果女友有了新對象，禮物會是年輕男性用的物品。
如果女友的祖母生病，禮物會是女性用的物品。
收買女友妹妹，調查禮物是什麼……
是男用休閒錶!!

——咦！

——差勁男，你為什麼大叫？

——喔，沒有，我太投入了。……也就是說，如果女友祖母生病的話，禮物應該是女性用的物品，但實際上裡面並不是女性用的物品。女友祖母生病的假說是錯的。

因此，祖母生病的假說遭到駁斥，而有了新對象的假說的說服力增加了。

——雖然有點殘酷，但事情就是這樣。

【質疑之道】

透過假說演繹法，H'假說遭捨棄，留下H假說。要怎麼質疑這種論證呢？其中一種方式，是由H'推導出新的預測。比方說「女友的祖母最近應該都沒出席槌球活動」等等。從H則可以推導出與上述陳述不會同時成立的「女友的祖母一直有在槌球活動現身」。這次H'推導出的預測被證實了，而H推導出的預測則是錯的。這麼一來，雙方互有勝負，又平手了。

（三）類比（圖16）

【例】

日本在二〇〇二年的情況，與一九八五年廣場協定之後的情況類似。廣場協定一簽

a 在重要點上與 b 相似（**根據 1**）
對於 b，c 成立（**根據 2**）

∴對於 a，c 可能也成立（**主張**）

圖 16 類比

定，美股就大幅下跌。因此，美股應該馬上就要大幅下跌了。

因為這是力量微弱的論證，最好不要依賴它。比起只依賴類比論證，應該要用更強的論證來支持「美股應該馬上就要大幅下跌」這個主張，類比論證最好只是從旁輔助才對。

【質疑之道】

①不相似

使用類比論證的時候，為了要主張 a 與 b 類似，必須提出很長的論證程序。例如針對二○○二年的日本經濟與廣場協議後的日本經濟，應該要指出兩者在大規模的財政動向，以及數度實行金融寬鬆政策等，在很多方面都相似。因此，如果要質疑，就要指出兩者哪裡有差異，然後進行討論。

②即使相似，也不是在重要點上相似

並不是 a 與 b 相似就可以。兩者的相似點必須與 c 相關。鮭魚卵和海膽類似，兩者都是昂貴的壽司材料，在北海道的產量也都很多。兩者的膽固醇含量也都很高，不適合患痛風的人。即使有這麼多共通性，也不能說因為鮭魚卵來自鮭魚，所以海膽也來自鮭魚。兩者的相似之處，和它們的來源（c）之間並沒有關係。

論證形式的統整表

	名稱	形式
妥當的論證形式	肯定前件	若 A 則 B。A。因此，B。
	否定後件	若 A 則 B。非 B。因此，非 A。
	建構兩難律（個案證明法）	不是 A 就是 B。若 A 則 C。若 B 則 C。因此，不論如何，C。
	反證法	假設非 A，經過論證後產生矛盾。因此，A。
稍弱的論證形式	歸納論證	a 也是 p。b 也是 p。c 也是 p。……因此所有的都是 p。
	假說演繹法	如果 H 假說是正確的，B 應該會成立。實際上 B 成立。因此，H 可能是正確的。
	逆推法	已知 A。假設 H 的話，就可以很好地說明 A。沒有其他能與 H 匹敵，能夠很好地說明 A 的假說。因此，H 可能是正確的。
	類比	a 在重要點上與 b 相似。對於 b，c 成立。因此，對於 a，c 可能也成立。

六、在論文上應用論證形式的方法

重新組織辛格的論點

——學了上述這些，就可以作出更好的論證。要不要試試看？根據你寫的大綱（第一三七－一三九頁）第三點，你贊成辛格的觀點，想要論證「應該承認動物有權利」。對了，辛格的書你讀了嗎？

——讀是讀了，不過只讀和動物權有關的部分。

——辛格作了什麼論證呢？

——欸……，他說了平等原則。然後……，基於平等原則，如果我們認為不應該以種族、性別、能力等等來區別人的話，那就必須承認，基於平等原則，我們也不能區別性地對待動物。

——嗯嗯。然後呢？

——啊？就這樣啊。

——你喔。應該不只這樣。如果只有這樣，那只說了：

人類適用平等原則，因此不能區別性地對待人類。因為動物也適用平等原則，所以不能區別性地對待動物。

——這樣不行嗎？……好像是不行。

——辛格好歹也是個專業哲學家，不會提出這種破綻百出的論證。好吧，你就用這個擬似「論證」當作出發點，讓它成為更好的論證。或許這樣你就可以瞭解，辛格是怎麼樣地把他寫的東西相互結合成一個論證。嗯，首先，「平等原則」是什麼？

——（拿出書來）……欸，我現在找。平等原則指的是「考慮他人的利害時，不受其為人和能力的影響」。

——這就是平等原則嗎？用容易理解的話再說一遍，就是不能以膚色不同、出身卑微、缺乏知識等理由，來漠視和輕忽他人的利害。因此，如果動物也適用平等原則，一樣不能區別性地對待動物。

——那不就對了嗎？

——不，最重要的漏掉了。為什麼動物也適用平等原則呢？還有，石頭和天花疫苗不適用平等原則吧。那又是為什麼呢？

——的確，如果連病菌的權利也要保護，那很傷腦筋呢。嗯，動物適用是因為動物跟人很像吧？

——這樣的話，大概是說：

適用平等原則，即不能區別性地對待。人類適用平等原則。人類和動物類似。因此，動物也適用平等原則，不能區別性地對待。

但是這個類比太粗糙了。

——喔，就算動物與人類相似，只在無關緊要的地方相似是沒用的，必須要與適用平等原則有關的重點上相似才行。

——沒錯。亦即必須說「因為人類是XX，所以適用平等原則。動物同樣也是XX，因此也適用平等原則」。查查看「XX」是什麼吧。辛格認為人類是因為什麼才適用平等原則的呢？

——咦，他有寫到這個嗎？

——那換個方式來想好了。根據平等原則，不論種族、出身、能力，不管是什麼人，都必須平等地考慮其利害。也就是說，適用平等原則的，必須有利害可言。那利害又是什麼呢？

——就是吃好吃的東西時說「喔，好好吃」是利，挨揍很痛是害吧。

——他有寫類似這樣的事嗎？

——嗯，他引用了古人邊沁的說法，說：「感覺痛苦和快樂的能力，是考慮其具有平等的權利時，所必須具備的特性。」

——那動物呢？

——動物的確會感到痛苦和快樂。石頭沒有這種能力，因此石頭沒有利害可言。因為沒有利害，也就沒有什麼平等原則好說了。

——因此，辛格的論證可以大致整理如下：

適用平等原則，即不能區別性地對待（**第一個根據**）。
具備感覺痛苦和快樂的能力的，適用平等原則（**第二個根據**）。
動物具備感覺痛苦和快樂的能力（**第三個根據**）。
因此，不能區別性地對待動物（**主張**）。

——這是妥當的論證形式吧。

——是的，是肯定前件重複兩次的形式：

具備感覺痛苦和快樂的能力的，適用平等原則。
動物具備感覺痛苦和快樂的能力。
因此，動物適用平等原則。

適用平等原則，即不能區別性地對待。

動物適用平等原則。

因此，不能區別性地對待動物。

試著質疑辛格的論點

——因此，可以質疑之處，就是查看上述的三個根據，它們各自受證據支持的程度。試看看吧。

——好不容易才作成的好論證，幹嘛要去質疑？這樣就好了吧？

——傻瓜，試著質疑，是為了模擬反對辛格的人會攻擊哪些地方，這樣才能事先鞏固陣地。就是為了讓辛格和你的主張更具說服力而做的。

——知道了啦，不做的話就只是整理辛格的論點而已，對吧。首先，第一個根據好像沒辦法質疑，因為「適用平等原則，即不能區別性地對待」大致就是平等原則的定義吧。要看第二個和第三個根據能不能質疑吧。

——對。那第三個根據「動物具備感覺痛苦和快樂的能力」，要怎麼質疑呢？

——嗯，又不能變成動物，怎麼知道動物感覺得到痛苦。這樣說可以嗎？

——不錯。還有其他的嗎？

——要求他要明確地區分一下，這樣可以嗎？人類和黑猩猩有痛苦和快樂的感覺，狗和貓好像也有。但是海葵和水母應該不會感覺到痛苦。我想的是分界線在哪裡的問題。

——很棒啊。其他像「痛苦」指的是什麼，也是個問題。只有肉體上的痛苦才算數嗎？如果像絕望、恥辱這類精神上的痛苦也算進去的話，說不定事情就不一樣了。因為精神上的痛苦似乎只有人類和靈長類才有。那第二個根據呢？

——嗯，就說「具備感覺痛苦和快樂的能力的，適用平等原則」是真的嗎，可不可以……啊，不行不行，我想不出來。

——沒錯，這比較難。因為動物是否能感覺痛苦是事實的問題，而現在談的這個，則是概念上的問題。這樣的質疑怎麼樣：把感覺痛苦的能力，當成是決定某存在物是否能適用平等原則的最重要特徵，這本身究竟好不好呢？有沒有什麼人類擁有而動物沒有的特徵，更適合用來當成適用平等原則的條件呢？

——這太難了，只憑我的腦袋瓜想不出來。會找找看有沒有人討論過這點。

——好，那我們至少有三個可以質疑的地方。如果可以好好地回應質疑，補強論點，辛格—差勁男同盟論點的說服力就能提高。必須盡可能地回應質疑，提高主要論點的說服力。這就是「進行論證」。

——哇，這超級麻煩的。

——最後，出個作業給你，請試試別的質疑方式。我們之前都是針對論證個別的根據，質疑它們的真實性。現在要做的不一樣。先姑且相信辛格—差勁男的論證，然後指出它違背直覺和常識。

——這好像是反證法？

——要這麼說也可以。比如說，先承認若要適用平等原則，就必須具備感覺痛苦和快樂的能力。這麼一來，可以批判：我們一方面承認了具備這種能力的動物的權利，但是對於不具備此等能力的人（胎兒或是腦死者）的權利，我們是不是就不承認呢？必須要用某種方式回應這類批判。

——嗯……。論辯真的是一件很嚴格的事啊。

【鐵則27】自己的論證的說服力能不能提高，和自己能質疑自己到什麼程度有關。要看清自己的論點哪裡會被批判，努力地事先試著回應批判。

第三篇

培育論文

【第三篇的基本方針】

本書的基本主張是：論文不是一下子從無到有的文章，而是從播下論文的種子，也就是大綱著手，然後慢慢培育出來的。第二篇處理了怎麼樣從模模糊糊的問題意識努力想出論文的大綱，並討論了論文大綱的核心，也就是「論證」，是怎麼一回事。如果確實地按照上述流程練習過，你的大綱就會有清楚的結構，可以據此培育出具有完整邏輯架構的論文。種子雖然不管從哪一面看過去都是均質的，但是它包括了種皮、子葉、幼根等等，具備完整的結構。從沒有結構的地方，很難生長出具備完整結構的東西。

然而大綱終歸只是大綱而已。雖然很明確地知道問題、主張，以及論據各自該寫些什麼，但從許多意義上來說，光只是這樣還稱不上是論文，因為它還沒有文章的樣子。第三篇討論的主題，就是要充實大綱的內容，培育出完整的論文。

把大綱膨脹，就是把每一個項目發展成 paragraph。第七章要學的，就是 paragraph 的寫作。而第八章討論的，是怎麼樣讓組成 paragraph 的文句寫出來能夠易讀易懂。最後的第九章說明的，則是怎麼樣把寫成的文章變成能夠讓別人閱讀的完成品，也就是「最後修整」的方法。

第七章 「Paragraph 寫作」的觀點

一、Paragraph 與段落的差異

木下是雄的《組織報告的方法》（レポートの組み立て方，筑摩學芸文庫），是論文寫作法書籍中少有的名著，也是本長銷書。如果我沒有寫出現在這本書，那本論文寫作法的最高傑作應該會繼續稱霸吧。哇哈哈。

木下的書很棒，我從中學到不少，深有同感處也很多。我尤其稱許的一點，是他努力設法讓歐美作文教育中最最基本的 paragraph writing 在日本扎根。「paragraph writing」是以「paragraph」為單位，把文章組織起來的寫作法。……這麼說你還是不懂吧？我來解釋。

一般會把「paragraph」譯成「段落」。但是木下認為「paragraph」和段落完全不同，我也認同他的想法。因此，我和木下一樣，在本書裡也採用「paragraph」而非「段落」的說法。

——差勁男，有人教過你「段落」是什麼嗎？

——嗯，有學過，就是文章一直寫下去會很難閱讀，要在某些地方換行。

——是說段落啦、換行等等的，就像游泳時要換氣一樣，在繼續往下讀會覺得難受的地方，稍微換個氣。也就是說，文章太長，為了容易閱讀，在某處斷開，就成了一個段落。

——就是這樣。

——對於不屬於論文的文章，段落的確可以這樣使用，分段讓文章有了節奏感。作家高橋源一郎有段時期寫的散文段落很長，有的還是完全不分段的散文。

——反觀司馬遼太郎寫的就一直分段，有獨特的節奏感。

——我倒不覺得這很吸引人。話說回來，差勁男你也讀老頭子寫的東西喔。那我就用司馬遼太郎的風格，來整理一下 paragraph 和段落的差異吧。

是的。

「Paragraph」。

「Paragraph」似乎與我們所說的「段落」完全不同。

哪兒不同呢（抱歉，馬上就開始講解了）？

兩者的方向完全相反。

可以這麼說。「Paragraph」不是為了容易閱讀，而把一篇文章在某處切斷。是反之。

是寫作論文的最小構成單位。

這才是「paragraph」。一個「paragraph」只講「一件事情」。巧妙地使用連接詞等，組合 paragraph 和 paragraph，明確地表現它們之間的邏輯關係，就成了論文。換言之，paragraph 可說是論文的邏輯發展單位。請特別注意。允許我用比喻來說明。假如「段落」是

撕碎的黏土塊，

（……那麼，paragraph 會是瓦片嗎？）

正是如此。歐美將 paragraph 視為論文的基本單位。

——用司馬遼太郎的風格也還是很容易理解啊。

——因為他本來就是喜歡講解的人啊。不過，如果照這種風格寫下去，這本書就要用三卷「論文教室：天之卷、地之卷、人之卷」才寫得完了。回到原來的寫法吧。

二、Paragraph 的內部結構

——雖說一個 paragraph 只講「一件事情」，但「一件事情」這種說法很模糊啊。

——嗯。這裡說的「一件事情」，可以想成是一句話能夠說完的事。說出這件事情

的句子，稱為「**主題句**」（topic sentence）。

——那段落包含了更多的句子對吧。

——是的。paragraph 裡剩下的所有句子，都必須是以下的其中一種：①針對主題句的內容，更詳細的說明或是具體事例；②為主題句的內容提供簡單的根據；③換個說法來說明主題句的句子；④連繫前後 paragraph 的句子。我們姑且把這些句子稱為「**附屬句**」（sub-sentence）。

——可以把主題句當成主角，其他是襯托的配角嗎？

——嗯，這樣想也可以。我們看一下具體的例子。

【好的 paragraph 之例】

民主主義必然會有邁向直接民主制的傾向。亦即，握有主權的民眾，會認為自己擁有直接行使政治決定的權利。人們因而會希望越多人能參與決策越好。

由於認為直接民主制是絕對正確的理想決策方式，民意調查因此成為左右政治動向和政治決策的最重要因素。這從地方招攬核電廠進駐、水庫的開發，以及其他公共建設的持續發展等近年來的政策決策過程裡，可以很明顯地看出來。民意直接影響了政治家或官僚等以政府的立場所實施的政策。為什麼會發生這種情況呢？

> **最明確的原因，是由於民眾大致上具備了健全的判斷能力**。證據是：隨著國民的教育水準提高，民眾與政治家或官僚在教育上的差距越來越小，要求直接民主制和公民投票的呼聲也越來越高。

以上三個 paragraph，各自的主題句以粗體表示：①民主主義會有邁向直接民主制的傾向。②由於認定直接民主制是正確的方式，民意調查因此成為左右政治動向最重要的因素。③民眾具備健全的判斷能力，是導致①、②發生的原因。

更詳細地看一下第二個 paragraph。

（一）由於認為直接民主制是絕對正確的理想決策方式，民意調查因此成為左右政治動向和政治決策的最重要因素。↓主題句

（二）這從地方招攬核電廠進駐、水庫的開發，以及其他公共建設的持續發展等近年來的政策決策過程裡，可以很明顯地看出來。↓支持（一）的具體事例

（三）民意直接影響了政治家或官僚等以政府的立場所實施的政策。↓仔細想想的話，「民意直接影響了以政府的立場所實施的政策」和「民意調查成為左右政治動向和政治決策的最重要因素」其實是同樣的意思。也就是說，（三）是換個說法來強調（一）。

（四）為什麼會發生這種情況呢？↓這是為了連接下一個 paragraph

就像這樣，paragraph 的核心是主題句，而附屬句則用來補充說明主題句。

上例中，主題句放在各個 paragraph 的最前面，這是 paragraph 寫作的基本方針。想一想，為什麼要這麼做呢？我們把第三個 paragraph 試著改寫成底下的例子。

【改寫例】

隨著國民的教育水準提高，民眾與政治家或官僚在教育上的差距越來越小，要求直接民主制和公民投票的呼聲也越來越高。由此我們可知，為什麼會認定直接民主制是最理想的決策方式，是因為民眾大致上具備了健全的判斷能力。

像這樣把句子前後對調，並不會改變主題句。在此例中，主題句是第二句，這是主題句擺在後面的 paragraph。

——是說主題句擺哪裡都可以嗎？

——光看這個 paragraph 本身的話，的確會這麼想。但是想想看這個改寫後的 paragraph 和上接 paragraph 之間的關係。第二個 paragraph 最後提了個問題：「為什麼會發生這種情況呢？」因此，讀者接著看第三個 paragraph 時，會期待得到解答。而在第三個 paragraph 裡，問題的答案，當然就是主題句了。講教育水準提高等等的這句是附屬句，它提出了可以支持主題句的根據。改寫後的 paragraph，讓讀者在第二個 paragraph 提出的問題得到解答之前，懸在半空中去讀別的句子。

——原來如此。讀者會覺得，咦，為什麼突然講到教育來了，對吧。

——是的。不能讓讀者懸著，這是寫出讓人容易瞭解的文章最基本的原則。不管是寫 paragraph 或是寫單個句子，這個原則都一體適用。

【鐵則28】將主題句放在 paragraph 的最前面，是 paragraph 寫作的基本原則。

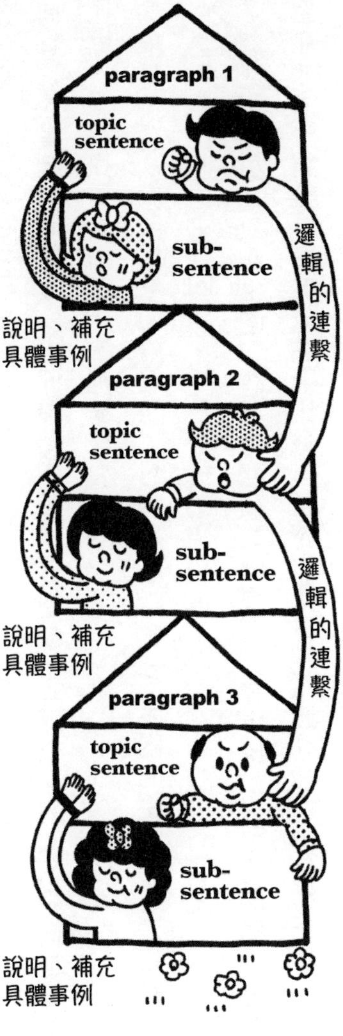

paragraph 之構造

更詳細地將上例的寫作匯整如下：

①主題句與前後 paragraph 的主題句之間，有邏輯的關係，就像這樣：「民主主義會有邁向直接民主制的傾向↓（由此歸結的結論）民意調查成為左右政治動向最重要的因素↓（原因）因為民眾具備健全的判斷能力」。

②但是，各 paragraph 的附屬句，只和自己 paragraph 內的主題句有邏輯關係，它與前後 paragraph 的句子之間，並沒有邏輯關係。

③因此，如果把只和主題句有邏輯關係的附屬句放在 paragraph 的開頭，會讓讀者懸在半空中，看不清楚邏輯的推演。因此，基本上應該把主題句放在 paragraph 的最前面。

可以把 paragraph 想成是封建的家族。主題句代表 paragraph 和其他 paragraph 打交道，它是一家之長，而底下的附屬句，只管伺候主題句就好。還真是討厭。

三、差勁的 paragraph

——光看好的文章是學不到東西的。把好文章跟爛文章拿來比較，才是最好的學習方式。我來舉些有問題的 paragraph 的典型例子。

——差勁的 paragraph，簡稱爛芭樂。

——我實在不喜歡這個簡稱。

【爛芭樂1】中途偏離了主題的paragraph

為了防範數百年發生一次的大洪水，日本各地持續地建造河川的堤防。以國外治水方法的潮流來看，這實在是無可救藥的愚蠢政策。捨棄堤防工事上的巨額投資，利用預警系統和避難設施來確保流域居民的安全，然後以災害保險來補償住宅或農地等財產的損失，才是目前世界上的常識。順帶一提，我國的建設部長在電視新聞節目上，打斷反對建設吉野川可動堰之人的發言，威脅說：「如果發生災害的話，你要負責嗎？」[1] 部長應該要有部長的素養，在必須理性討論的問題上，又是妨礙別人發言又是恫嚇，這顯示了在以討論來解決問題的這個民主的基本規則上，我國的教育還做得不夠徹底。我也不記得學校有教過辯論的方法。看看電視節目上的人，發言的時機、表情、態度等等，很明顯就知道多麼缺乏基本的素養。對觀眾來說，電視是非常可怕的媒體。

譯註

1 吉野川可動堰指的是日本四國德島縣吉野川第十堰，日本政府出於防洪考量提議建設，但居民因擔憂環境遭到破壞，發起地方公投。二〇〇〇年一月舉辦的公投，結果否決了建設案。

這個 paragraph 的主題，一開始應該是日本治水政策的錯誤，但寫著寫著，卻變成沒有教學生討論的規則，然後又岔題到電視媒體的特性。簡言之，主題句太多……不，應該說這是沒有主題句的文章，這稱不上是 paragraph。

【爛芭樂 2】附屬句和主題句沒有關係的 paragraph

現在國、公立大學文科的教員不能在民間企業兼職。此項限制必須儘快廢除。目前，國、公立大學的生物科技等所有的理科領域，在一定的條件下，教員都已經能夠在民間企業兼職了。從這點看來，根本就不應該限制文科的教員。我認為，日本的大學把理科與文科分開處理的傾向，本來就太強。我任職的學校，甚至連餐廳的名稱都有理科餐廳和文科餐廳之分。在經營管理學等領域，如果遠離了實務，得來不易的知識很快就會過時。透過在民間企業兼職，可以維持實務經驗，這應該不只對教員，對學生也有極大助益。

把這段說成是爛芭樂，或許太超過了。這個 paragraph 的主題句是開頭那兩句，也就是「限制國、公立大學文科系教員不能在民間企業兼職的規定，應該廢除」。而後續的附屬句說，理科 OK 的話文科應該也沒問題，這補強了主題句的主張。它還用經營管理領域為例，陳述在民間兼職對教育的好處，這提供了要求廢除限制的理由。這其實是規規矩矩的 paragraph。不過，文中說到日本的大學把理科與文科分開處理的傾向太強，這話題與主題句並沒有直接的關係。提這點雖然無傷大雅，但去掉會更通順。至於說到理科和文科餐廳，更是完全多餘。這位教授的大學裡，理科餐廳的菜色想必比較好吃吧。

——也就是說，paragraph 不能寫到一半岔題了對吧。有沒有什麼判斷的標準，可以檢查自己寫的 paragraph 是不是穩當呢？

——嗯。

①能不能清楚地看出主題句是哪句。

②問你每一個附屬句與主題句之間各自是什麼關係的話，你回答得出來嗎？例如你要說得出：這句是換個說法來陳述主題句、這句是舉出具體例證、那句是為了說明主題句裡出現的詞彙。如果所有的句子都能說出它的功能，就及格了。

③能不能為 paragraph 下個標題。

【練習問題12】

指出以下這個爛芭樂的問題，改寫成好的 paragraph。有必要的話，請依循第四節的方針，將 paragraph 分段。

【爛芭樂3】

在過去，以青少年為目標受眾的漫畫裡，若有露骨的性方面的描繪，會將它們歸類為「有害圖書」來管制，這運動曾經擴及全國。那時有個論點，認為應該將判斷作品良窳的權利交給讀者，因為管制剝奪了孩子們培養判斷力的機會，反而有害處。管制運動的起因，雖然是因為犯下了連續殺害女童案的青年蒐集了大量近乎色情刊物的漫畫和動畫。但是，持這種主張的人士，對於自己是以捍衛表達自由的自由主義立場來發言這件事深信不疑，這令我感到非常不可思議。原本自由主義就承認並且尊重具備完整判斷能力的成人有自己決定的權利。把仍在培養判斷能力的兒童與成人相提並論，本來就不是自由主義的主張，毋寧說那是反自由主義的觀點。在日本，把兒童和成人相提並論的傾向本來就很強。看到兒童大搖大擺地出入壽司店、居酒屋等「成人的空間」而反感的，不是只有我而已。他們認為，因為成人有看色情刊物的自由，所以不應該限制兒童有這種自由。只要不影響他人，即便是個看了對自己有害的作品，成人的確擁有觀看的權利。但是不賦予兒童有等同於成人的權利，才是自由主義的觀點。

四、Paragraph 的分段

——paragraph 的長度有規定嗎？

——大致上會說，一個 paragraph 的字數應該在二百到四百字之間。如果會寫很長，就要分段。例如剛才說教員可以兼職的那段，若要提高主張的說服力，就要蒐集許多寫作上的材料。你覺得要蒐集什麼呢？

——兼職就理科來說已經有很多舉得出來的好處、除了教育以外也有很多優點、法律上的限制要改變的話，一次就可以全部撤銷等等……這些嗎？

——如果把這些全部放進剛才說的那段裡，paragraph 會變得太長，因此要照以下這樣來分段：

> 目前國、公立大學文科的教員不能在民間企業兼職。這是根據公務員法第○條的規定，（**繼續寫禁止兼職的法律依據、其制定的緣由**）。
>
> 但我認為，此項限制違反世界潮流，必須儘快廢除。目前，國、公立大學的生物科技等所有的理科領域，在一定的條件下，教員都已經能夠在民間企業兼職了。從這點看來，根本就不應該限制文科的教員。鼓勵教員在民間企業兼職，將會帶給

大學整體的教育研究以下三點的良性影響：

首先，觀察已經廢除限制的理科領域的現況。（**這裡寫下兼職對於理科領域所帶來的良性影響**）。因此，可以說，已經證實在民間兼職對於理科領域有良性的影響。

第二，在經營管理學等領域，如果遠離了實務，得來不易的知識可能很快就會過時。教員透過在民間企業兼職，可以維持實務經驗，這應該不只對教員，對學生也有極大助益。

第三，（**寫下教育面以外的優點**）。

五、大綱成長而成 paragraph，paragraph 成長而……

——原來如此，這跟把大綱膨脹時的作法很像嘛。

——不如說就是一樣的事。亦即，

①先寫出簡單的大綱（條列式的，只列關鍵字也無妨）。（**項目大綱**）

②項目大綱應該有提問和主張。想想看：要讓主張更具說服力，該加入什麼進一步調查的結果、要怎麼論證、舉出什麼例證呢？透過這個過程，將大綱膨脹。

③將大綱的各個項目，用短句來表示。（**語句大綱**）

④試著將上述的短句當成主題句，加上補充說明的材料，寫成 paragraph 看看。

（**paragraph 大綱**）

⑤照以上的步驟，就可以寫成一篇擬似論文。這麼一來，就比較能夠從容應對了。就像上述的那個教授做的，因為想讓主張更有說服力，會想加入某個論證、用上某些具體的例證。把這些加進去，充實 paragraph。

⑥這會讓有些 paragraph 變得太長。因此要像前面說過的，把一些 paragraph 分段，加入幾個將 paragraph 之間的相互關係明白地指出來的連接詞或附屬句，像是「第一點」、「第二點」、「以下將指出……」等等。

⑦做了這些之後，會發現必須補充或調查不足的地方。進一步調查、思考，去補足它（就是「寫作的能源循環」）。

⑧這麼一來，很不可思議地，論文就在不知不覺間寫出來了。

——可以幫我看一下我寫到一半的語句大綱嗎？它只是論文的一小部分而已。

——寫的是什麼呢？喔，是之前我們兩個一起想的，關於辛格的論點對吧。嗯，這語句大綱還有那麼點樣子。

【將第一三九頁大綱第二版的第三點，膨脹成語句大綱】

介紹辛格的論點：動物也擁有被平等地對待的權利。

（1）平等原則＝「考慮他人的利害時，不受其為人和能力的影響」。

（2）適用平等原則，即不能區別性地對待。

（3）具備感覺痛苦和快樂的能力的，適用平等原則。

（4）動物具備感覺痛苦和快樂的能力。

（5）因此，不能區別性地對待動物。

針對辛格論點的質疑

（1）怎麼知道動物感覺得到痛苦？

（2）分界線在哪裡呢？

（3）只有肉體上的痛苦才算數嗎？像絕望或恥辱這類精神上的痛苦也算嗎？

（4）把感覺痛苦的能力，當成是決定某存在物能否適用平等原則的最重要特徵，這究竟好不好呢？

（5）不具備感覺痛苦的能力的人（胎兒或是腦死者）的權利，我們是不是就不承認呢？

——你有了這些，要怎麼寫出一個 paragraph 呢？

——先把每一句話當成是主題句，寫出很短的 paragraph，像以下這樣：

> 倫理學者辛格主張，動物也擁有被平等地對待的權利。以下首先介紹辛格的論點。其次，我將列出對於辛格論點的批評，並且回應這些批評。
>
> （1）辛格的論點的基礎，首先是承認平等的原則。平等的原則是指考量他人的利害時，不受其為人和能力的影響。
>
> （2）適用平等原則，即不能區別性地對待。亦即，人類適用平等原則，指的是不能以膚色不同、出身卑微、缺乏知識等理由，來漠視和輕視他人的利害。
>
> （3）具備感覺痛苦和快樂的能力的，適用平等原則。
>
> （4）並不是只有人類才具備感覺痛苦和快樂的能力。高等動物也具備一定的感覺痛苦和快樂的能力。
>
> （5）因此，不能區別性地對待動物。

——怎麼樣咧？

——你問我怎麼樣……寫的不好懂。

——只寫這樣，果然只有寫的人自己才懂。還有哪裡可以讓它膨脹呢？

——首先，平等原則有點難懂。來點換句話說，並且舉例來說明，會比較好。還有，第（3）點感覺來得有點突然。

——的確，必須把第（2）點和第（3）點連繫起來。

——還有，第（3）點說的感覺痛苦的能力，和適用平等原則這兩個，也必須說明它們之間的關連。

——我來試試看。我用底線標示改進的部分。

　倫理學者辛格主張，動物也和人類一樣，擁有被平等地對待的權利。以下首先介紹辛格的論點。其次，我將列出對於辛格論點的批評，並且回應這些批評。

（1）辛格的論點始於承認平等原則。平等原則指的是：考慮他人的利害時，不受他們的為人和能力的影響。

（2）因此，適用平等原則，即不能區別性地對待。亦即，人類適用平等原則，意思是說不能以膚色不同、出身卑微、缺乏知識等理由，來漠視和輕視他人的利害。

（3）能感覺到痛苦和快樂的，就適用平等原則。因為平等原則主張，對於明顯能感覺到痛苦的存在，不能不考慮和漠視其痛苦。反過來說，對於無法感覺到痛苦或是幸福的存在，不需要有任何的顧慮。正因為平等原則要求平等地對待利害，要區分某存在物是否適用平等原則，並不是以語言能力或者較高程度的智力為標準。是否具有利害關係可言，亦即是否有感覺快樂或痛苦的能力，才是判別的最堅實根據。

（4）然而，並不是只有人類才能感覺痛苦和快樂，因為高等動物在一定程度上也能感覺痛苦和快樂。高等動物的神經系統與人類的很類似。如果人類的快樂、痛苦感覺是來自神經系統的作用，就沒有理由認定神經系統極似人類的動物不能感覺到快樂和痛苦。

（5）因此，我們得到結論：不能區別性地對待動物。為什麼呢？因為若是動物能感覺到快樂和痛苦，牠們就適用平等原則，而我們也就不能允許漠視和輕忽牠們的利害了。

——欸，第（2）點和第（3）點之間還是沒有連繫起來啊。

——其他的 paragraph 之間用了「因此」、「然而」等連接詞，但是我想不出用什麼好的詞可以把第（2）點和第（3）點連繫起來……。

——第（1）點和第（2）點，說明了人類適用平等原則，也說明了適用平等原則是什麼意思。而（3）則是說能感覺痛苦，就適用平等原則。（4）和（5）說的是動物也具有同樣的能力，因此動物也適用平等原則。這麼說來，會認為（3）要說的是為什麼人類適用平等原則吧。

——是的，我們認為人應該被平等地對待，要追究背後的理由，那就是因為所有人都能感覺到快樂和痛苦吧。

——遇到這種情況，可以用另一個方法。不用連接詞，而是用提問來連接，就像以下這樣：

因此，適用平等原則，即不能區別性地對待。亦即，人類適用平等原則，意思是說不能以膚色不同、出身卑微、缺乏知識等理由，來漠視和輕視他人的利害。那麼，為什麼人類適用平等原則呢？是因為人類能感覺到痛苦和快樂。人類顯然能感覺到痛苦。若是如此，那就不能不考慮和漠視此痛苦。這是平等原則的主張。反過來說，對於無法感覺到痛苦或是幸福的存在，不需要有任何的顧慮。正因為平等原則要求平等地對待利害，要區分某存在物是否適用平等原則，並不是以語言能力或者較高程度的智慧為標準。是否能說具有利害關係，亦即是否具有感覺快樂或痛苦的能力，才是判別的最堅實根據。

——也就是說，可以針對前一個段落寫的事情提問，然後接著寫接下來的段落。就像這樣，手中如果掌握了許多可以連接 paragraph 之間的工具，就能大幅減輕寫文章時的痛苦。

靠別人的質疑來培育論文

——老師，經你一質疑，我就知道 paragraph 後面要加上什麼了耶。

——沒錯，培育 paragraph 最好的方法，就是請別人把你的文章一句一句地唸出聲來，質疑那些不容易懂的地方。例如「辛格是誰啊？怎麼突然跑出這個人來」、「你這樣寫讓人很難懂平等原則是什麼耶」等等。這麼一來，你就知道這裡必須說明辛格是誰、那裡寫到平等原則的時候，照抄書上寫的，讀者會看不懂。

——照這樣做，補齊需要說明的部分，就能充實 paragraph，對吧。

——理想上是這樣沒錯。你自己必須對自己的文章提出這種「質疑」。可能的話，用「初讀者的眼光」來質疑自己的文章，這有些竅門。比方說寫好了不要馬上讀。寫好之後，放上一晚，隔天在咖啡館、電車上，儘量在和寫作時不同的環境裡，轉換心情後再讀讀看。這樣就可以用很接近初讀者的觀點，來檢查自己的文章了。

——嗯嗯。那這時候也要讀出聲嗎？

——在咖啡館做這事，會被當成怪叔叔而出名喔。在心裡默唸就好。帶上紅筆，註記你自己的質疑。但是啊，自己批評自己，還是有極限。所以我才會請別人讀我寫的文章，例如同行、同事、編輯、學生、學會期刊的審查人、太太和小孩等。但是差勁男，你不就有個現成的，二話不說就會讀你文章，質疑你說這裡不好懂、這裡在說什麼等等，像你的小天使一樣的人嗎？而且還免費呢。

——咦，誰啊？

——老師啊！請老師評論你還沒寫完的論文，裡面就會有很多培育論文需要的提示。

——會不好意思啦。

——如果不好意思麻煩老師，也可以請周圍的朋友或親人讀，給你些指教。不過我還是覺得老師好。老師既是該領域的專家，而且讀過太多學生的差勁論文，所以即使是條理不太清楚的文章，也會抱持著善意去讀，馬上就知道它要講什麼。非專家反而比較殘酷，常常會確實地指出缺失。不過，讓周遭的人讀你的文章，總是件好事。雖說寫文章是為了拿學分，但你也是花了不少時間調查思考後才寫出來的，只給老師看畢竟太可惜。所以希望你拿給周遭的人看。

——的確，是這樣沒錯。

——咦，差勁男，你想過這事嗎？想讓周遭的人覺得你不只關心「吃飯、學分、睡覺」，還會認真思考動物權、死刑存廢等問題嗎？因此就有機會跟別人討論，討論完還被請託「下次可以換你讀讀我寫的論文嗎？」不覺得可以這樣很高興嗎？

——嗯……是覺得有點高興。……不過，可能是因為老師你講這話的口氣像女生，才有這種感覺啦。

【鐵則29】你好不容易寫成的論文，只給老師看實在太可惜。盡可能給越多人看越好，得到他們的評論意見。

第八章　寫出容易讀懂的文章[1]

——在討論動物權利的論文裡，我試著加了些和動物實驗有關的內容。可以幫我看一下嗎？

——嗯，好啊。我來看看，喔，是大綱第二節的第（一）項，「問題的背景」這裡對吧。

> 主張應該承認動物有權利，是出於反省我們人類對待動物是否過於殘酷。對人類而言利益並不顯著，卻仍執行了的殘酷動物實驗的例子有：為了測試新開發的洗髮精是否安全，藥廠把濃縮溶液往兔子的眼睛裡滴；為了證明即將餓死之幼鼠，其活動力遠比正常餵食的成鼠還高，普林斯頓大學的研究者餓死了二百五十六隻幼鼠；威斯康辛大學麥迪遜分校靈長類研究所還有個研究，故意讓母猴得精神病，患病的母猴抓起小猴的臉往地上摔，殺死了牠。

譯註

1　本章的翻譯，承蒙吉備國際大學滿田彌生教授和吉備國際大學大谷卓史教授提供諸多建議及相關資訊，特此致謝。

——哇，還真做了不少調查，差勁男你不簡單喔。我最近發現你理解力好上不少，覺得有點懷念從前。不過，這段文字，是久違了的差勁男之段落。

——哼，果然。不容易讀嗎？

——嗯。不過，抓到訣竅的話，這文章也會變得通順到不像你寫的呢。

一、只要容易讀懂就好了嗎？

本章要傳授的訣竅，就是教你寫出易讀、易懂的文章。在進入正題之前，我必須先聲明：**易讀、易懂本身，並不是所有文章都該追求的絕對價值**。例如年紀稍小我幾歲的和歌詩人荻原裕幸，他寫了個歌，其中有句「母親？墮胎？無法抉擇的戀人的如火星積雪般的容顏」。它以體言結尾，[2]用上了許多個「的」，還把主語省略，這些都讓人不易讀懂（事實上，輸入這句歌詞的時候，word 這多事的軟體還會警告你，句子裡的「的」太多了喔）。那來改一下吧。

「我注視著躊躇於該為人母還是該拿掉孩子的戀人，那就像是火星積雪般的容顏。」

嗯，或許確實變得比較好懂⋯⋯。這畢竟是短歌，文類和論文差太多了。那如果是下面這個例子呢？有位法國文學學者兼評論家蓮實重彥，他寫的文章也很厲害。在《表層批評宣言》（筑摩文庫）一書裡，他是這麼起頭的：

即便欲繼續關於「批評」的書寫，但仍未能以言語表達的是，對身為幽暗陰濕欲望的自己的難耐，在周遭環境的濕地一帶，強使充滿前語言的地熱昂揚高漲，終於覺悟要曝己身於大氣，正要混跡於與已被書寫的無數言語鄰接搖曳的而被稱為「文學」的領域瞬間，幾個預先揑造任意給予的問號爭先恐後地大肆喧鬧阻擋去路，不僅如此，那恰是意欲以言語表達，但仍與未乾燥的表層重重糾纏而垂落……

我只是要引用這部分，它卻冗長不間斷，連個「。」都沒有，偶然停下鍵盤上麻痺的雙手，眼光掃過紙面，發現方才努力輸入的段落，竟尚不及整句三分之一，句子就這麼自顧自地繼續，直到第二頁「……必須承認因閱讀不合條理而灰心喪志實屬必然」一節之後才赫然發現，我終於遇上了這本書裡的第一個「。」，得知竟有此等文章存在的殘酷事

譯註

2 關於「以體言結尾」，請參見譯註3。

實，就不會認為「容易讀懂」有什麼大不了，可能有讀者會認為，蓮實重彥在任職東京大學校長期間，朗讀這麼寫成的入學典禮致詞，就算在座入學新生的祖母聽得生不如死，他應該也毫不在意，但我大學時代非常欣賞蓮實的風格，一丁點都不覺得不易讀不好懂，還硬著頭皮認真編出蓮實風格的「大學周邊覓食指南」之類的同人誌，擁有這段不光彩過去的我，自然會認定易讀易懂沒啥了不起。呼，好喘。

對我來說，論文只要在問題設定和論證上認真做好，在文體上追求個性倒是無可厚非。蛤？你要用蓮實的風格來寫論文？要是你行的話，可以試試看啊。歐美的哲學家，雖然不致於像蓮實做得那麼誇張，但在論文裡玩玩冷嘲熱諷、說說俏皮話等文字遊戲的人也不少。這些文字遊戲，確實讓論文又更加難懂了。正經的學生無法想像論文裡竟然可以開玩笑，會問老師說，這個地方怎麼讀都讀不懂。就算老師回答說那是「噱頭，噱頭罷了」，學生還是傻呼呼地無法領會。即使如此，我還是頗愛讀這類的論文。

……因此，本章的目標相當限縮。絕對不要把這章當成「文章大概應該這麼寫」之類的文章寫作指南。容易讀懂本身並沒有價值。但總有需要用淺顯易懂的方式寫作的場合，在大學裡寫的論文就是典型的例子。在必須寫得淺白的時候，不只做不到，而且還故意把文章寫得支離破碎，這樣的人其實很可憐。所以，本章的目的，就是為那些想要寫出易讀易懂的文章卻怎麼也做不到的人，提供最基本的訣竅，培養出這種書寫的能力。

【鐵則30】只會寫容易讀懂的文章算不上是才能。但是，必須寫得淺顯易懂的時候而做不到，卻是種不幸。

二、怪異文章大全

有四個原因會讓文章化身成奇特的怪物。只要注意避開它們，你的文章應該就可以大為精進。

○幽靈

——日本的幽靈沒有腳，而西方似乎有無頭幽靈。

——電影《斷頭谷》（*Sleepy Hollow*）裡，克里斯多夫·華肯（Christopher Walken）演的就是啊。他演被砍頭殺掉之後，為了尋找自己的頭顱而出現的幽靈。

——和那個類似，我把沒腳或沒頭的句子稱為「幽靈」。幽靈出現的時刻，大致可分為以下四種。

① 沒有主語的句子

【例】經濟活動會產生一些很難避免的社會成本。而在日本，尤其被轉嫁給低所得者負擔。

文中沒有明白說出「被轉嫁」的主語是什麼。把原句改成「而在日本，該成本尤其被轉嫁給低所得者負擔」會比較容易瞭解。盡可能不要省略主語。

② 沒有述語（以體言結尾）[3]

【例】從史考特・喬普林（Scott Joplin）的繁音拍（ragtime）到查理・帕克（Charlie Parker）五十年。其間的改革者，有路易・阿姆斯壯（Louis Armstrong）和班尼・古德曼（Benny Goodman）。

雖然這句話可能不至於妨礙讀者理解其意，但是它用體言結尾，這麼一來，讀者就不知道對於作者來說，五十年究竟是很長還是很短了。把這句話改成「從史考特・喬普林的繁音拍到查理・帕克引領的咆勃（bebop）革命，只經過了五十年。在這五十年之間，還出現了像路易・阿姆斯壯和班尼・古德曼這些改革者」會比較好，對吧。

③看起來不像幽靈的幽靈（僵屍句）

【例】實在論與觀念論的差別，在是否承認有獨立於人的認知活動而存在的實在這一點上不同。

譯註

3 「以體言結尾」（体言止め）說明如下。日文的句子結構為主語文節加述語文節，主語文節中可做為主語的名詞或代名詞，在文法上屬於「體言」。而述語文節的主要構成部分可以是動詞、形容詞、形容動詞（相對於語尾不會變化的體言，這三種詞類屬於用言，用言的「用」指的是「活用」，即語尾會根據時態而變化），或是名詞。一般以名詞構成的述語文節中，後方需接斷定助動詞だ（敬體為です）或其他助動詞。但在文章寫作上，以名詞構成的述語文節，為了避免句子皆以助動詞結尾過於單調，有時候會模仿短歌、俳句的寫法，直接以名詞結尾而省略助動詞，以便強調語氣或者增加餘韻。這種方式即稱為「以體言結尾」。嚴格地就文法而言，由於省略了助動詞，該述語文節並不完整。以作者舉的例子來說，原句中作為述語文節主要構成部分的「五十年」這個體言一出現，句子就戛然而止（即「以體言結尾」），後方並沒有接助動詞，或者修飾該體言的動詞、形容詞或形容動詞。修改後的句子則有「經過」此動詞來修飾體言，構成完整的述語文節。

作者的句子以主語「實在論與觀念論的差別」來起頭，但寫著寫著，心裡所想的主語卻似乎變成「實在論與觀念論」，因此述語變成了「……這一點上不同」。這麼一來主語與述語就沒有相互對應了。如果主語是「實在論與觀念論的差別」，那麼句子的結尾應該是「……這一點」。這種主述語不對應的句子，有人稱為「扭轉句」（ねじれ文）。乍看之下，句子有主語也有述語，看起來頭腳俱在，但就是這樣才難對付。頭腳俱在，實際上卻已經死掉了，就稱它「**僵屍句**」吧。

④句尾和句首沒有對應

> **【例】**挑戰者號爆炸事件的教訓，必須建立制度，讓工程師在組織內部團體決策的時候，直到最後都能以工程的角度表達看法，而不致於偏向企業經營的角度。為什麼呢？若是工程師也從經營的角度看事情，組織會喪失許多採取不同視角的機會，容易陷入團體迷思的困境。

第一個句子的開頭是「教訓」，因此本來應該以「是……這件事」來結尾。正確的寫法是「挑戰者號爆炸事件的教訓，是我們必須建立制度，讓工程師在組織內部團體決策的時候，直到最後都能以工程的角度表達看法，而不致於偏向企業經營的角度」。或者是像「挑戰者號爆炸事件的教訓，是以下這點：我們必須建立制度，讓工程師在組織內部團體決策的時候，直到最後都能以工程的角度表達看法，而不致於偏向企業經營的角度」這樣，把句子分開，會比較容易理解。

第二個句子也有問題。它是以「為什麼呢」開頭，因此應該接著「因為」。

——論文裡不能用體言結尾嗎？我不知道不能這樣寫。

——嗯，不要這樣寫比較好。一方面當然是因為這樣不容易懂，另一方面，這種寫法只有作者本人自我感覺良好，這反倒讓人覺得很俗氣。這是品味的問題了。

——覺得你好像在說：「體言結尾很多的句子，爛句。所以不要用，矢澤式的，體言結尾。這我的原則。」[4] 用體言結尾感覺好像很粗俗。

譯註

4 矢澤指的是日本知名的搖滾樂手矢澤永吉。矢澤永吉有許多廣為人知的名言，其中非常著名的「不管你進多棒的大學唸書、在多好的公司工作，你一輩子賺的錢，我的兩秒」（お前がどんだけ良い大学入って、どんだけ良い会社に就職しても、お前が、一生かかって稼ぐ額は　矢沢の2秒）這句，就是以體言結尾。而上文中差勁男說這句話時，刻意用體言結尾來開老師的玩笑。

——我倒沒有說到那個地步。該注意的是，寫句子的時候，句首和句末要相互對應。你寫關於動物實驗的 paragraph 的時候，裡面以「卻仍執行了的殘酷動物實驗的例子有……」開頭的句子，本來結尾也應該是「……等等這些」，才能首尾對應。

——為什麼會變成這樣呢？咦，我說的好像不是自己的問題一樣。

——一言以蔽之，你的一句話裡塞進太多東西了。在寫冗長的句子的時候，會忘了寫與句首或主語對應的句尾部分。雖然一開始想寫的是「挑戰者號爆炸事件的教訓，是……這件事」，後來因為「……」這部分膨脹了，只顧著寫「……」的內容，不知不覺就會忘了寫「是……這件事」。

——看來你知道避免寫出幽靈句的方法吧。

【鐵則31】要避免幽靈句，必須注意以下三點。

①首先，只能寫同時包含著主語和述語的句子。雖然這麼一來，同樣的主語可能重複出現而顯得冗贅，但只有在省略主語不會妨礙理解時，才能省略主語。

②寫一句話的時候，要檢查句首和句尾有沒有相互對應。用電腦寫作時，在輸入句首後，要把對應的句尾也輸入。例如輸入「因為」的時候，馬上就把「所致」也寫上去，然後再把中間填滿。

③一句話裡面塞進太多東西的「烏賊飯句」，是幽靈句的元凶。要常常注意句子是

不是太長，想一想能不能把它分成幾句話來說。

烏賊飯句裡即使有主語、述語，而且兩者還完美地對應，還是很難讀懂。看看以下的例子：

【例】嘻哈是在一九七〇年代後期，現場演出的舞蹈在家庭、學校、社區中心、公園裡鞏固了地位後，也就是以白人低所得階層為核心的迪斯可文化已過了全盛期之後，在西班牙裔、亞裔居民的民族音樂正式進入的時機還未成熟時，美國都市地區的音樂文化可以說有段空窗期，在紐約，尤其是布朗克司（Bronx），以及哈林（Harlem）和布魯克林（Brooklyn）這些區域對音樂上的狂歡的潛在要求升高之際，以市郊舞蹈音樂之姿首度現身。

——這很難懂耶。不過 CD 的曲目簡介，大概都是這樣。

——曲目簡介就是劣質文章的寶庫啊。我只買進口 CD，因為自己的錢，可不能變成寫出這種文章的這些傢伙的稿費。

——不過再仔細讀，從「嘻哈是……以市郊舞蹈音樂之姿首度現身」來看，主語和述語對應得很好。

——沒錯，所以這不是幽靈句。但是它的主語和述語之間塞進太多飯粒了。讀者一直被懸在半空中，連「嘻哈」是主語都讀到忘了。就算它不是幽靈句，也一樣很難讀懂。把它分成幾個句子吧。

【鐵則32】你們還沒有駕馭長句子的能力。盡可能地分成幾個短的句子，是最安全的作法。

【練習問題13】

（一）將以下的幽靈句改成恰當的句子。

> 在二十一世紀，國立大學為了達成社會所期待的使命，重要的是應該最大程度地利用大幅放寬各種管制及擴大大學的自主裁量權這些法人化的優點。

（二）把上述關於嘻哈的烏賊飯句，分成幾個句子看看。從這個句子開始寫：嘻哈以市郊舞蹈音樂之姿首度現身……。

○不明物體（the thing）

——哦，這次換「不明物體」了嗎？老師也是宅宅喔。這是從電影《極地詭變》（*The Thing*）來的對吧，是約翰．卡本特（John Carpenter）執導的電影裡出現的生物。

——是的，是從太空來的寄生生物。最早寄生在狗身上，後來與其他的人類等生物融合，黏在一起越長越大。我用這個「不明物體」來形容那些句與句之間沒有邊界地「融合」在一塊，其意不明的句子。

【例】佔美國的汽車的社會成本的最大宗的是交通事故。在一九六〇年代，每年有五萬人因而死亡，受傷人數則達兩百萬人。美國的汽車交通事故，因為高速公路路網的普及，反而使得一生必須坐輪椅等重傷者和死者的人數往上增加，雖然有統計顯示，有交通意外的經驗的受害者的累積人數，平均一家就有一位，但一般而言，人車分離的採用、市區增設兒童遊戲場所、以立體交匯代替交叉路口的紅綠燈、投注大量經費進行針對兒童的交通安全教育等等，也值得日本學習。

——嗯，這不行啊。

——哪裡不行？

——句子和句子間喋喋不休地連在一塊，但這還不是最糟糕的。最慘的是途中改變話題吧。一開頭說的是美國的重大交通事故數量增加，後半段卻變成在講日本應該學習美國的交通政策。一個段落裡不能岔題對吧。啊，這就像跑到別的生物上寄生了，難怪叫它不明物體。剛才說到的蓮實的寫作風格，也屬於不明物體類，沒錯吧？

——是的。蓮實的文體世間罕見，說它是值得鑑賞玩味的不明物體也不為過。但那是要寫過很多文章的人才辦得到的事，一般學生為了自己好，絕對不要想去模仿。可以平實地寫卻故意寫得嘮嘮叨叨，跟「想要平實地寫卻不知為何寫成了不明物體」，這兩者可是天差地別。所以我們要想一下，怎樣才能不讓不明物體出現。事實上，日語本身就有很多因素會讓不明物體容易滋生。為了避免寫出這種文章，瞭解不明物體為何滋生很重要。

【造成不明物體滋生的元兇，與因應的策略】

①連用形[5]

過度使用連用形，是不明物體滋生的最大原因。用「……是（であり）、……又（し）、……被（され）、……是（である）」這些連用形的話，句子可以無窮無盡地一直寫下去。用連用形連接，會模糊文章前後文的邏輯關係。盡可能**避免使用連用形來連接**。最多只能用上兩次。

②「…が」（然而）

「が」也是惡名昭彰的連接詞彙。這和連用形一樣，用「……が、……が、……」可以寫到地老天荒。而且像「が」、「然而（けど）」這類詞除了表示語氣的轉折之外，多半也代表話題改變了。你的朋友當中，要開始一個新話題的時候，應該也有人會用「然而（だけどさ）」來起頭的吧。這會引發恐怖的事情。用「が」來連接，會在不知不覺間讓文章變了話題。就像剛才汽車的文章那樣，「が」就出現在話題轉換的時候。

要怎麼因應呢？策略**基本上就是不要用「が」來連接句子**。想想看可不可以用「但是（しかし）」或「雖然（にもかかわらず）」來代替「が」，如果可以的話，就打上個「。」把句子分開，然後用「しかし」來開始下一句。如果用「しかし」或「にもかかわらず」來代替「が」會覺得奇怪，那就只有在轉換話題的場合了。這時其實也可以把句子分開，改用「對了（ところで）」或是「那麼（さて）」來連接。

譯註

5 連用形指的是動詞、形容詞、助動詞後面連接用言（動詞、形容詞、形容動詞）時，前面詞彙語尾的語形變化。

③「の」（的）

如果「の」和句子裡的詞彙一直糾纏不休，就會滋生迷你的不明物體，像是「佔美國的汽車的社會成本的最大宗」和「有交通意外的經驗的受害者的累積人數」。連續地用「の」不只是難看而已。日語中的「の」實際上有許多用途，例如在「犬の警察」、「犬の醫生」、「犬の史努比」、「犬の尾巴」、「犬の洗澡」、「犬の交尾」、「犬の燉煮料理」等這些詞彙裡所出現的「の」，功能都各自不同。因此，只用「の」來連接詞彙的話，會模糊掉各個詞彙之間的關係。

那麼對策是什麼呢？就是**原則上不連續使用兩個以上的「の」**。盡可能用其他方式替換，例如改成「在美國，汽車相關社會成本的最大宗」或是「交通意外的受害者的累積人數」即可。

【練習問題14】

（一）依上述策略，試著精簡前面說明不明物體的例句（關於汽車社會成本問題之句）。

（二）將下列連續使用「の」的詞組，改寫成易懂的詞組。

・動物的行為的研究的核心研究者

・德國的抽象畫的代表畫家的生前最後的展出的手冊的封面的畫作的標題中的最後

○頭腦星人（Alien Chibull）

——這什麼啦。

——是在《超人七星俠》（ウルトラセブン）裡出現，頭超級大的外星人。他們長得像章魚，「頭」裡面裝的全是腦漿。因此我才會把頭部很大的句子稱作頭腦星人。順帶一提，我記得在哪裡讀到過，chibull在琉球話裡是頭的意思。日語和英語不同，日語的修飾語可以一直往前接，對吧。

——是因為日語裡沒有關係代名詞吧。

——嗯，所以很難避免頭部過大的傾向。如果不好好想過再下筆，就會寫出頭很大的句子。像以下這句：

> **【例1】**與由於對越戰退伍兵的創傷後壓力症候群問題，以及虐待兒童或所謂「小大人」（adult child）問題的關心，使得對於精神科醫師的社會需求大增的美國社會不同，日本社會對於到精神科就診，目前仍有明顯的社會偏見。

——喂，這不就你美國的事說了半天，可是主題竟然是講日本！重點太晚出現了。這就是頭很大的句子。

除此之外，主語過長，或者說明理由的句子綿延不絕，都是頭腦星人的典型例子。比方這句：

【例2】以天生的銳利音感為基礎，結合了從千錘百鍊的身體所湧現出的躍動感，以及將日本的風土精湛地在地化後的藍調感覺，確立了洋溢著前所未聞的日本式感性的嶄新獨特的音樂世界，引領著七〇年代以降日本爵士樂界的山下洋輔，近年來與古典樂音樂家共同合作，企圖嘗試新的突破。

【例1】的主題是「日本社會對於精神科就診的偏見」，【例2】則是「山下洋輔」。

可是在上述兩例中，主題卻都是到後半段才好不容易現身，這樣會讓讀者因為不曉得作者到底要說什麼而深感不安。要避免寫出這種文章的策略，就是重寫，把主題擺在最前面。

試試看吧，這也是可以用來說明「不要把讀者懸在半空中」此基本原則的例子。

【練習問題15】

以上述的策略改寫兩個例句。

○濃妝鬼

——嗯，這在漫畫家水木茂的《妖怪圖鑑》裡也出現過，如果髮簪啦、香粉啦、口紅啦等等一股腦淨往頭上臉上擺，只懂得濃妝豔抹，死後就會變這妖怪。所以江戶時代的商人工匠們在女兒吵著要買化妝品時，就會嚇唬她們：「老提這個會變濃妝鬼喔。」

——老師，這你瞎掰的吧，我沒聽過這種鬼。

——被發現了。呵，「怪異文章大全」這路線也差不多走到盡頭了。總之，雖然書寫文句時，修飾是必不可少，但稍一不慎，就會出現濃妝鬼。比方說：

> **【例】**很有魄力地一邊將生啤酒一飲而盡放言高論教育理論的美奈茂由加里提出反駁。

這就是濃妝鬼。其特徵是搞不清楚哪個修飾哪個，句子可以有不同的解讀方式。

——嗯……首先，

（a）「很有魄力地」是修飾一飲而盡、放言高論，還是提出反駁？並不清楚。而且，

（b）「一邊將生啤酒一飲而盡」是跟放言高論一起，還是跟提出反駁一起？這也很模糊。

結果，三乘二得六，這句子可以有六種解讀。

——如果寫這句子，是要讓「很有魄力地」修飾「提出反駁」，「一邊將生啤酒一飲而盡」修飾「放言高論」的話，你覺得怎麼寫會比較好？

——嗯……用「，」好嗎？

・由加里很有魄力地，對於一邊將生啤酒一飲而盡，一邊放言高論教育理論的美奈茂提出反駁。這樣可以嗎？

——嗯，大致上有比較好了。……句子的順序也可以更動。

——啊，對齁。那就變成

・由加里對於一邊將生啤酒一飲而盡，一邊放言高論教育理論的美奈茂，很有魄力地提出反駁。

——這也可以。不過，「由加里」和「提出反駁」明明是連在一起的，在這句裡不會離太遠了嗎？

——那就

・對於一邊將生啤酒一飲而盡，一邊放言高論教育理論的美奈茂，由加里很有魄力

地提出反駁。

【練習問題16】

（一）上述句子還有其他五種解讀方法，請一一試著改寫，排除模糊性。

（二）將下述的濃妝鬼，改寫成文意容易理解的句子。

> 根據系統性的精密實驗或觀察，得以對嚴謹的假說進行實證研究，因而使得宗教因素緩慢地在自然研究中消退，隨著認為自己的職業為自然的研究而自稱為「科學家」的人出現，擁護演化論而被稱為「達爾文的看門狗」的赫胥黎強烈地反對。

——我們因此可以整理出幾個因應濃妝鬼的對策：

（一）首先，要有自覺，自己寫的句子可能變成濃妝鬼。然後檢查句子是否有多種不同的解讀方式。

（二）如果變成了濃妝鬼，試著調換句子的順序或加上逗號，降低模糊的程度。

（三）如果還是不行，那一開始就不要寫成一個連續的句子。比方可以改成像：

・美奈茂一邊將生啤酒一飲而盡，一邊放言高論教育理論。由佳里反駁美奈茂。這樣的由佳里很有魄力。

這樣。頭腦要靈活一點。

不模糊的句子

——把句子這樣子排列，會比較不模糊。還有其他這類的原則嗎？

——嗯，有些人提了一些原則，例如本多勝一在《日語的作文技術》（日本語の作文技術）裡做了很多實驗，想要找出原則。

雨給予剛發芽的嫩葉豐富的滋潤。

雨將豐富的滋潤給予剛發芽的嫩葉。

剛發芽的嫩葉受到雨豐富的滋潤。

像這樣咻咻咻地寫下所有可能的組合方式，然後想想看哪一種最自然最容易懂。

——哇，感覺這樣很辛苦呢。

——如果一次十個排下來我會呆掉，不曉得哪個才好。介紹一下我覺得更簡單的原則吧。

【經驗法則】

（一）把被修飾語和修飾語用線連起來。

（二）可以拉出好幾條線。把每條線的長度盡可能地縮短，重疊的線越少越好。這樣就可以把模糊的程度降低。

用（一）來試試剛才的例句。

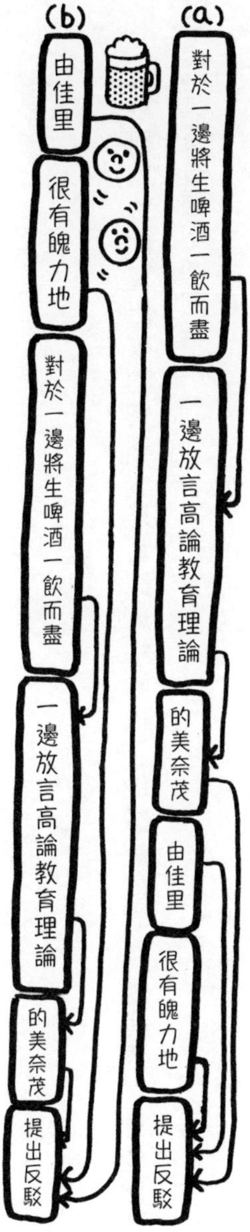

（a）和（b）最多都只有三條線重疊，但是（b）幾條線的長度都比（a）長，重疊的部分也比較長。因此，（a）比較不模糊。

——老師，這真是了不起的發現啊。

——沒什麼大不了，這只是大致上的原則而已。文章也會碰到韻律的問題，有時候以某種方式把句子拆開，也會解釋不通。例如上述本多勝一的第一個例句，就沒辦法拆成「雨剛發芽」，但你覺得會有拆成這樣讀的人嗎？人們在讀文章的時候，並不是採用「先拆開句子，再解釋意義」這種兩階段式閱讀法。

——以前的人工智慧，好像就是因為想這麼做才失敗的。

——所以，這經驗法則的例外不勝枚舉，不可以盲從。基本上就是要嘗試各種替換方式，選出自己覺得最不會造成混淆的。

——這麼看來，粗略地說，要寫出易讀的文章，好像必須把句子縮短。這樣想對嗎？

——嗯，可以說雖不中亦不遠矣。就像過胖容易導致各種慢性生活習慣病一樣，句子過長，就會引發這章討論的各種異常現象。所以盡可能把文章拆成一個一個的短句，每句當成一塊，每塊之間用接續詞來連接，然後再組合成文章。這就是論文文體的基本原則。

【鐵則33】你寫出來的句子，是否完美地表達了你想說的呢？還有更洗練的寫法嗎？試試看各種不同的寫法。

三、詞彙的選擇法

以上說的，是句子跟句子該怎樣組合成易讀的文章。最後讓我來個大放送，談談更小的單位，就是在選擇「詞彙」時該依循什麼方針，才能組合成易讀的文章。

（一）該不該寫成漢字？

我把自己寫文章時選擇漢字的方針記述如下。

【方針】

①使用漢字的時機，限於表示事物的名詞、表示事物性質或動作的動詞、形容詞及形容動詞。例如「犬」、「抽象性」、「蹴る」、「考える」、「赤い」、「難解だ」等等。

②除此之外，所謂的機能語則用平假名來表示。機能語是指無法說該詞彙本身有什麼意義的那些詞彙。比方當我們問「紅色」是什麼意思的時候，可以指紅色的花，對別人說紅色就是指「這種顏色」。但問「舉例而言」是什麼意思的時候，我們就沒辦法這樣說明了。我們只能回答，那是舉例說明的時候所使用的詞彙，用它在句子整體中的功能來說明。這種詞彙稱為機能語。

③讓我舉些機能語的例子。請注意畫邊線的地方。

例如「……という事」、「……な物」、「……する時」等形式名詞，「……出来る」、「……して置く」、「……して居る」、「……に成る」、「……して仕舞う」等助動詞，以及其他像「従って」、「故に」、「即ち」、「如何に」、「…の為に」、「……する様に」、「概ね」「……等」、「常に」、「所謂」、「……の所為で」等這些詞彙，不要用漢字會比較好。

因此，原則上①用漢字，其他則以平假名表示。

（二）句末的表現方式

這邊要說的，是句末的表現是也。出乎意料地，這對文章整體的易讀有影響是也。句末如果連續使用同一個詞彙，不知怎地，讀者會覺得非常煩躁是也。事實上，應該已經有讀者察覺而焦躁，發現我上幾句的句末都用「是也」結束是也。但這種程度的「是也進攻法」、「是字進攻法」，是你們這些學生作文的一大特徵是也。在此之前，我都盡可能地遵循句末詞彙不重複的原則來寫作這本書是也。如果你們覺得這本書容易讀，這個原則應該也是原因之一是也。

【練習問題17】

（一）拯救「句末的表現方式」那段免受「是也攻擊法」的摧殘。
（二）將本章一開頭差勁男的作品改寫成更易讀的文章，作為本章的總結。

第九章　最後的修整

你從種子開始一路小心翼翼培育的論文，已經成長茁壯。接下來就是列印和繳交了。……不過等一下，有一項工作還沒做。那就是加上註釋和參考文獻、附上目錄，以及檢查符號與數字的標示。這些是在提交之前修整論文門面的最後步驟。

──這步驟很煩人。不過，更麻煩的是，要是你一認真起來，會沒完沒了。

──哦，有什麼可以對付它的必勝絕招嗎？

──哼哼，教你一個私房秘技吧。你是要把論文繳交給老師，對吧？先去找那位老師寫的論文，最好是刊登在學術期刊上的。大學圖書館應該很容易找得到。

──嗯，然後呢？

──模仿那篇論文的格式，包括引用文獻、列舉註釋及列舉參考文獻等等的作法，這樣就OK了。繳交後如果老師說「你列參考文獻的方式怪怪的」，你就可以回說「哦，是嗎？我可是參考了你的XX論文呢」。老師便不會再追究了。

──如果找不到老師寫的論文呢？

——這時候嘛，就問問老師：「你有寫論文嗎？」

——嗯，這不太好吧！

——我也這麼覺得。接下來我要說的，基本上是種「規矩」。學規矩的時候，最最基本的就是盡力模仿師傅。

一、加上註釋有夠帥

有人認為寫成「註」才正式，不過那是錯的。查漢和辭典就知道，「註」和「注」都是正確的寫法。文章只要一加了註就會很像論文，它會讓你覺得，哇，我也變得有點像是學術人了呢。所以囉，既然是大學生，就應該好好在論文裡加上註釋。不過這很麻煩。

（一）註釋要寫什麼呢？

基本上，註釋是因為有些事寫在正文裡嫌囉嗦，並且會妨礙讀者閱讀、理解論文主旨，所以才在別的地方說明。因此，當你寫作正文，發現有些事情一定得寫，但又覺得放在正文裡會離題不合適時，就儘量把它寫在註釋裡。其他像是說明特殊的詞彙、交代出處等資訊的來源，以及說明人物或事件的時候，也常常用註釋說明。

（二）尾註和腳註

論文常見的註有兩種。一種是所有的註都集中放在正文後方的「尾註」，另一種則是放在正文每一頁下方的「腳註」。文書處理軟體基本上都附有「腳註／尾註」功能，只要一選就自動幫你排列。多半會像這樣：

> 科學實在論，是指同時主張獨立性論題和知識論論題兩個論題的立場。[23] 因此，科學實在論的爭論，並不只是形上學的問題。

在正文裡插入旁標數字，對應的註釋則擺在該頁正文下方，以該數字開頭記載：

> 23 此對於科學實在論的說法來自（Papineau 1996, p. 2）。科學實在論的相關爭論，文獻極其龐大，（Papineau 1996）的文獻指南，以及（Kukla 1998）、（Psillos 1999）等，對此問題作了極佳的評述。

文書處理軟體的腳註功能會自動對應編號。如果在註23之前加入一個註，加入的那個註會變成註23，原來的註23不知不覺間就變註24了。一開始使用這個功能的時候，覺得怎麼這麼方便，會感激它呢。

二、引用的方法

論文寫作還有另一個成規，就是參考文獻和引用文獻的列舉方式。學術界沒有比這個更囉嗦的成規了。但囉嗦自有其囉嗦的理由。大致上，研究的進步，就是在他人已經明瞭之事物的廣大基礎上，再加上一點點自己進一步瞭解的東西。那個「一點點」就稱為「原創性」。因此，為了宣稱自己的原創性，不只要清楚地說出自己的貢獻根據的是別人的哪些成果，同時也必須對那些成果致敬，因為那是自己原創性貢獻的基礎。在論文寫作上，參考文獻就是用來做這些事情的手段。

學生寫的論文也是一樣。就算是毫無原創性的無趣論文，如果好好地列舉引用和參考文獻，大不了就只是篇「無趣論文」罷了。但若違反了列舉引用文獻和參考文獻的規則，不明確地把別人的想法和自己的想法區分開來，那就變成「抄襲」、剽竊了。所以，不好好熟悉這成規，可是會出大紕漏的。

【鐵則34】寫論文之所以有各種瑣碎的「成規」，是為了尊重原創性。

○引文的表示法

首先，如果是短短一、兩行的引文，就前後加上「」，放進正文裡。

> 我們可以同意蒯因的主張：科學不是知識論的基礎；相反地，知識論才是科學的基礎。但是蒯因馬上下結論道：「因此，知識論是自然科學內部的計畫，是心理學的一個篇章。」（Quine 1969, p. 65）

上文中的（Quine 1969, p. 65）是什麼呢？這我會在列舉引用文獻的地方說明。如果引用文篇幅比較長，要像底下這樣引：

> ……榊認為，蒯因的說法太過武斷。榊主張：
>
> > 知識論不只是關乎我們現在怎麼獲得知識的這種事實問題，還必須探問應該怎麼獲得知識這種規範性的問題。後面的這個問題，是心理學無法回答的。（中間省略）我們必須說，蒯因的論點過於草率（榊 1991, pp. 123-4）。
>
> 但是把話說得太超過的並不是蒯因，而是榊。也就是說……

如同上例，長篇引用時不用「」，而是前後空一行，往下排兩個字（橫寫的話縮排約五個字），讓人知道這是引文。

○標記引文

上例中，引用者插入了（中間省略）這幾個字。因為怕引用太多會導致引文太長，如果想要讓讀者注意的只有引文的最前面和最後面，就可以插入這幾個字，把中間切掉。

原則上，引文應該盡可能地逐字引用，但下列場合允許最小程度的加工。

（一）（粗體或底線為作者所加）

引用的時候，強調要請大家注意的地方，可在引文上加上粗體或底線。

> 蒯因馬上下結論道：「因此，知識論是自然科學內部的計畫，是**心理學**的一個篇章。」（Quine 1969, p. 65，粗體為作者所加）

作者想強調蒯因講的是「心理學」，但這在原文中並沒有強調。為了明白表示是引用者所加的重點，因此寫上（粗體為作者所加）。

（二）（原文照登）

如果引用的文章有明顯的錯、漏字怎麼辦？先完整引用原文，然後說明錯字並不是自己的失誤，表示自己只是照引原文而已。例如：

> 在此一問題上，神樂主張：「透過演化課程（原文照登）而來的人類的表情，即使民族和文化不同，大致上仍然是一樣的。」（神樂 1999, p. 33）

此處的（原文照登）也可以有諷刺的意味。比方說想痛擊論戰對手的時候，用上它就代表「真討厭啊～。我竟然還得跟這種連漢字都會搞錯的人辯論」。不過，這可是高級的技術。

（三）（括弧為作者所加）

譬如說想引用的是「因此，那是自然科學內部的計畫，是心理學的一個篇章」好了。因為原句有前後文，自然很清楚「那」指的是什麼。但若只引用一句就不知道了。這時就可以寫：

蒯因馬上下結論道：「因此，那（指知識論）是自然科學內部的計畫，是心理學的一個篇章。」（Quine 1969, p. 65，括弧為作者所加）

（四）斜線（/）

假使想引用的部分如下：

> 知識論不只是關乎我們現在怎麼獲得知識的這種事實問題，還必須探問我們應該怎麼獲得知識這種規範性的問題。後面的這個問題，是心理學無法回答的。
>
> 因此，不得不說，蒯因的論點過於草率。但是……

欲引用的部分包括兩個段落時，可以用斜線（/）分開，如下所示。

> 知識論不只是關乎我們現在怎麼獲得知識的這種事實問題，還必須探問我們應該怎麼獲得知識這種規範性的問題。後面的這個問題，是心理學無法回答的。/因此，不得不說，蒯因的論點過於草率。但是……（榊 1991, pp. 123-4）。

——引用的作者，取其姓捨其名可以嗎？

——可以。文章裡第一次出現時寫出全名「戶田山和久」，之後稱「戶田山」就可以了。即便你是我指導的學生，也不用寫「戶田山老師」、「戶田山先生」或「戶田山氏」，更不用說「戶小田」了。這也是學術世界裡具有特殊儀式性質的作法。一般來說，寫信直呼人的名諱會被認為不禮貌，但大家都不會說成「牛頓氏的運動方程式」或「達爾文氏的演化論」對吧。在論文裡直呼名諱，是把所有人都放在同等的地位相提並論，反而是向爭論的對手致敬。

——原來如此。不過煩人的成規還真多啊。

——嗯。我因為已經都記得，也隨時照做，倒不會感覺很辛苦。不過，真的把它們寫出來一看，的確還頗煩人的。

——沒有輕鬆一點的辦法嗎？

——嗯。用電腦的話可以做出版型，然後使用它即可。例如表示引用處的（榊 1991, pp. 123-4），每次都要輸入既麻煩又易出錯，就可以把它用適合的注音假名代替，登錄在系統裡。之後每次要引用，只要鍵入那個注音假名，那麼（榊 1991, pp. 123-4）馬上就會蹦出來，然後修改作者和頁數就可以了。

——原來如此，這招好像有很多應用方式。

【鐵則35】論文的瑣碎規矩真的很煩人。想想怎麼活用文書處理軟體和電腦的便利功能，盡可能讓自己樂得輕鬆的方法。

三、最麻煩的是參考文獻

——終於來到討論參考文獻（references）的時候了。想到就沉重。

——為什麼？

——這是論文的種種成規裡最煩人的。所謂的「成規」，有人認為基本上都不值一哂，不管它是不是學術界的。比方引用出處好了，不就是知道從哪裡引來的就好了嗎？但實際上並非如此，而這就是「成規」之所以是「成規」的原因。成規大致上有兩個傾向。一是依學術領域的不同而有差異。其次，如果成規存在的話，就會有人認為，自己採用的才是唯一正確的方式。

——這就是為什麼模仿老師的論文最安全，對吧。

——如果你覺得那些老師們太講究難搞，就這樣想像他們比較好。如果進了研究所，未來想以某個領域的專業維生，就得學習那領域的成規。因為這本書的對象是剛進大學的學生，我不能只介紹特定領域的作法，但是介紹所有領域的作法更行不通。所以，以下要介紹的，是最標準而輕鬆的作法。如果老師對於怎麼列舉參考文獻沒有特別的規定，依照這裡的方式即可。

○參考文獻的格式

（一）專書

黑澤美奈茂（1998a）《體育教育理論》，ㄅㄆㄇㄈ書店。

黑澤美奈茂（1998b）《體育教育實踐》，ㄉㄊㄋㄌ社。

黑澤美奈茂、谷崎由佳里（1999）《現代教育論》，ㄍㄎㄏ書房。

谷崎由佳里等（2000）《不良教師退散》，ㄐㄑㄒ圖書。

Simpson, H.（美濱千代譯）（1980）《春田書簡：一個核電工人的生活與觀點》，ㄓㄔㄕㄖ堂。

Simpson, H. (1999), *From Springfield: A Life and Opinion of a Nuclear Plant Worker*, Oxbridge University Press.

Monroe, M. & Simpson, M. (1988), *Family Therapy*, Tombstone Books.

Monroe, M. *et al.* (1988), *Rich People with Emotional Problems*, Bedpan & Co.

像這樣列就可以了。[1]如果同一位作者在某一年有兩筆以上的著作，就用字母來區別，如（1998a）、（1998b）……。若作者數在一位以上，人數不多時用「、」，人數多的話在第一位後面加上「等」。西文的書籍，書名應以斜體表示（*italic*體），無法用斜體時則以底線處理。不論是用斜體還是用底線，在同一筆清單中的作法必須統一。*et al.*是指「等」的意思，也是在作者人數多的時候使用。請記得*et al.*要用斜體表示，最後要加上句點。

（二）引用處的表示法

前面我們已經看過，在正文裡若要引用上述那幾本書，引用完之後加入下述文字即可。

（黑澤 1998a, p. 12）	（Simpson 1980, pp. 156-8）
（黑澤 1998b, pp. 123-4）	（Simpson 1999, pp. 529-31）
（黑澤、谷崎 1999, p. 12）	（Monroe & Simpson 1988, p. 52）
（谷崎等 2000, p. 12）	（Monroe *et al.*1988, p. 145）

這麼一來，參考文獻表和引用處相互對應，表示引用處的時候，就不需要一個一個

寫出書名和出版社了。所以這種方式最省力。

當引用處橫跨數個頁面時，把 p 重複一次，寫成像 pp. 123-4 或 pp. 529-31（pp. 是 pages 的縮寫）。寫「123-124」也可以，但通常會省略重複的數字。p. 要小寫，也別忘了句點（這是成規、成規！）。絕不可以用像「P12」、「12P」這種自創的寫法。

此外，當你雖然沒有直接引用，但你的論點參考了某本書裡某處，要用自己的話摘述別人的見解時，必須用以下的方式列出參考來源。

> **【例】** Simpson 指出，核電廠內的勞工，很少意識到自己處理的是危險物質（Simpson 1980, pp. 156-8）。

如果參考的不是書裡的某特定部分，而是整本書的說法，也可以把頁數省略。

譯註

1 此處的作者和書籍皆為虛構。黑澤美奈茂、谷崎由佳里、美濱千代，和上文引用的神樂、榊，以及下文將出現的春日步、水原曆，都是《笑園漫畫大王》（あずまんが大王）裡的角色；Simpson, H.、Monroe, M. 及 Simpson, M. 這些人名，則是借自動畫《辛普森家庭》（*The Simpsons*）。

【例】此外，也有研究經過仔細的調查，批評了「體育老師英文都不好」這種偏見（黑澤、谷崎 1991）。這類研究……

一次參考了兩筆以上的文獻時，要用分號「；」來連接。

【例】此外，也有研究經過仔細的調查，批評了「體育老師英文都不好」這種偏見（黑澤、谷崎 1991；黑澤 1998b）。

（三）收錄於專書的論文（Chapter）

有的書收錄了好幾位作者投稿的論文。要引用這類書裡收錄的論文，請依照下列格式。

黑澤美奈茂（1998c）〈所謂的體育型人〉，春日步編《日本的學校文化》，ㄗㄘㄙ圖書，pp. 123-56。

Simpson, L. (2001), "How to Play the Alto-Saxophone", B. G. ed. *Modern Jazz Performance*, Horny Dick Press, pp. 146-201.

論文標題用〈〉，書名則用《》括起來。如果引用的是西文著作，論文標題用“ ”括起來，書名則用斜體或加底線。而為了表示該論文是在書裡的第幾頁到第幾頁，最後標上「pp. 123-56」。

至於黑澤美奈茂的論文，為什麼年分標1998c呢？因為該作者當年已經有兩本專書出版了。參考文獻裡並不區分專書和論文，全部都以作者姓氏的字母或筆畫的順序排列。

那如果編者有一位以上呢？用「春日步、水原曆編」、「春日部等編」、「Murphy, B. G. and Szyzlack M. eds.」、「Murphy, B. G. *et al.* eds.」來標示。「eds.」的s代表複數。

專書論文引用處的標示法，和引用專書是一樣的，例如（Simpson 2001, p. 158）。

（四）期刊論文

谷崎由佳里（1998）〈英語教育理論之演變〉，《西船橋外國語大學紀要》，第10卷第60期，pp. 123-56。

Burns, M. (1999), "How to Subsidize Anti-Nuclear Activists", *Journal of Nuclear Plant Management*, vol.15, No.3, pp. 156-201.

論文標題用〈〉，期刊名用《》括起來。如果引用的是西文著作，論文標題用“ ”

括起來，期刊名則用斜體或加底線。以上與專書論文的作法相同。不同的只有期刊名後面要加上卷數和期數。最後當然不要忘了加上引用的頁數。

大致就是這樣。重點是要讓讀了你的論文的人，再去讀你引用或討論到的書籍或論文的時候，可以檢查你的引用是否正確，以及你在論證的時候，對於被引用論文的主旨理解得正不正確。也就是說，確實地標示引用處和整理參考文獻表，目的在於讓別人更容易檢驗你的論文。

在英語界有像 Endnote 等等的軟體，只要先建立論文的資料庫，它就會幫你把論文裡引用的論文自動列成參考文獻表。但你們還不需要用上那些。我建議你們在電腦裡開一個名為「參考文獻表」的檔案，鍵入以上介紹的種種格式。寫論文的時候打開這個檔當成樣版使用，就很方便了。

四、就算內容不怎麼樣，至少門面上要像樣

○紙張等格式的設定

大致上這老師會指定，依照老師說的就可以了。如果沒指定的話，用 A 4 紙，短邊

在上下，橫排打字。如果你要問我這個老師的意見，我會希望不要打到滿滿一張，要留適度的空白。只要做到這點，讀起來就很輕鬆，對你的印象也會加分。若是想要老師的修改意見，那空白的地方就不只上下左右，行與行之間也要留點空間。

○字體和大小的統一

字體限用明體（這本書的內文用的就是明體），標準大小是一〇．五級或一二級字。常看到目錄用哥德體（Gothic）或是勘亭流，論文裡混用了多種字體的人。這並不如想像中有效，只會讓人更不容易閱讀而已。我也瞭解為什麼有人會混用，因為安裝了很多字體，總想試用看看對吧。但寫論文的時候要強烈克制這種欲望。標題的字體放大是無妨，但內文請統一用明體一二級字。

○標題請加編號

從大綱培育出來的論文，它的結構應該是由好幾個部分結合而成，而每個部分又由更小的部分組成。為了讓人容易看出這個結構，必須加上標題，並且各自給個編號。重要的是哪個是大標題，哪些又是小標題，要讓人一目瞭然。以下我舉三個例子。

【例1】

I 前言

II 事故的概要與背景

1 事故的概要

2 事故的可能原因

(1) 技術因素

(2) 氣象因素

（以下省略）

【例2】

前言

第1章　事故的概要與背景

第1節　事故的概要

第2節　事故的可能原因

1 技術因素

2 氣象因素

（以下省略）

【例3】

1 前言
2 事故的概要與背景
　2-1　事故的概要
　2-2　事故的可能原因
　　2-2-1　技術因素
　　2-2-2　氣象因素
（以下省略）

例1的作法，一般是依循大寫羅馬字→阿拉伯數字→（阿拉伯數字）→（小寫英文字母）這樣的階層結構。而例3的方式雖然最近很流行，但階層一多，就會像「2-3-6-5-1」這樣，會被人說「你維根斯坦喔？」（搞不懂我在說什麼對吧？翻閱一下維根斯坦的《邏輯哲學論》〔*Tractatus Logico-Philosophicus*〕就知道了）。最多到第三階層就好。

○縮排和禁止事項

我們要講到更細節的事了。你們聽過縮排（indent）這個詞嗎？它的意思是段落第一行往後退一個字。段落的第一個字要往後退，這用英文說，就是 Indent the first word of a paragraph。

此外，有一些不能放在每行的行首或行末的文字或符號，這些禁止事項包括：

（一）不能放在行首的文字 包括「，」「。」「、」「・」等標點符號，「）」「》」「〉」等右括弧或右書名號。日文的小字如「っ」、「ゃ」、「ょ」等，原則上不能放在行首。此外，表示註釋的小數字也不能放行首。

（二）不能放行末的文字 包括「（」「《」「〈」等左括弧或左書名號。

遇到這些違反禁止事項的情況時，大部分的文書處理軟體都會自動換行，或把字塞進同一行裡。

（三）有時候一個英文字塞不進一行裡，會橫跨兩行對吧。這時要用連字號，但絕不是隨便找喜歡的地方切都行。比方說 beautiful 就不能切成 be-autiful，它只有 beau-tiful 和 beauti-ful 兩種切法。辭典上會顯示該切哪裡好。查單字的時候，辭典上的辭條顯示的會像是 beau · ti · ful 這樣，「・」表示可以切開的地方。可能有人英文辭典用了很久，還是不知道為什麼有這些「・」吧。它的用處就在這。

○全形、半形、數字的表示

啊，覺得已經很煩了對吧！再忍耐一下就好。如果是橫寫的文字，基本上，數字和年代都用半形的數字表示，例如「125億1560萬人」、「1989年」。請別用「１９９５年」這種全形數字來寫。

慣用語和一些專有名詞則是例外。「五十步百步」、「九十九里浜」、「何千人」、這些日文語詞，如果用數字來寫就太超過了。

比較困擾的是類似：到底要寫成「１つ」、「2つ」、「第1に」…，還是「一つ」、「二つ」、「第一に」。根據我的經驗，出版社的校對有的會修改第一種，有的會修改第二種。重要的是必須統一，而且在使用數字寫出「１つ」的時候，不是用半形而是使用全形。

外語也使用半形，如寫（deconstruction）而不寫（ｄｅｃｏｎｓｔｒｕｃｔｉｏｎ）。

○符號的使用法（毋寧說是不使用法）

符號有很多種，從！（驚嘆號）、——（破折號）這些較常見的，到～（波浪號）、†（短劍號）這些較罕見的都有。符號控可以參考山內志朗的《寫出勉強及格的論文指南》，裡面很狂熱地介紹了這些符號。我的主張則是：

【鐵則36】盡可能不要使用符號。

亂用一堆符號會讓文章變得很難懂。

與其亂用，不如好好地使用以下的符號。它們只有七種：標點符號（，和。）、引號和括弧（「」和〈〉和《》）、間隔號「・」，以及為了強調而使用的底線或粗體。不屬這七種的都是危險的成人嗜好，最好敬而遠之。甚至連「？」、「！」、「→」都最好不要用，更不用說很多老師看到論文裡出現（^^;）會勃然大怒了。

以下補充說明這幾種符號的使用方法。

（一）《》用來表示書、期刊、電影、樂曲等作品的名稱。

（二）間隔號「・」相當方便。

（1）在文章中可以用這個符號將語彙並列在一起。並列時，也可以和「、」一起使用。

相較於「超自然現象包括心電感應、千里眼、透視等超感官知覺（ESP），以及念力、念寫等以心移物的現象」，寫成「超自然現象包括心電感應・千里眼・透視等超感官知覺（ESP），以及念力・念寫等以心移物的現象」，在分類的階序上更為清楚而易讀。

（2）將外語和外國人名用片假名拼音時，以間隔號隔開。

【例】包括ダン・エイクロイド（Dan Aykroyd）和ジョン・ベルーシ（John Belushi）等等後來主導美國喜劇界的人物，都參與了一九七五年的サタデー・ナイト・ライブ（Saturday Night Live）的演出。

（3）要將頭銜和人名連接在一起的時候使用。

「福島瑞穗・社民黨黨魁與志位和夫・日本共產黨委員長展開會談」這一句，如果寫成「福島瑞穗、社民黨黨魁與志位和夫、日本共產黨委員長展開會談」，很難分辨到底講了幾個人。

(三)（）與「」的使用規則

在兩個括弧或引號裡填入文字時，注意不要加句點。亦即，

不能寫成：

女團 Candies 留下「想回去當平凡的女孩。」的名言解散之時，距今已經超過三十年。

應該是：

女團Candies留下「想回去當平凡的女孩」的名言解散之時，距今已經超過三十年。

這樣才對。（）的使用規則也一樣。

（四）可以使用的「」和最好不要使用的「」

事實上，「」的用法有很多種，以下列出可以使用的時機。

（1）要將發言和引用從說明敘述裡區分開來的時候。

（2）要討論詞彙本身的時候。

> **【例】** 日文裡常把長的詞彙縮寫成四音節的詞。例如將「筋力トレーニング」（肌肉鍛鍊）寫成「筋トレ」，把「卒業論文」（畢業論文）寫成「卒論」。

……到這邊為止你應該都很熟悉了。接下來則是高級技法。

（3）本人不喜歡用這個詞，但因為一般常用，或者因為論戰的對手使用以致於我不得不用，但其實很不想用，瞭解？在這個時候也可以用「」。

【例】演藝界的活躍人士裡，有不少對密教著迷，這可以說是尋找某種「療癒」所導致的。

至於不要用比較好的「」則包括：

（4）就只是想強調的時候。

（5）本大人用這個詞，意義跟一般用法不同，有深遠的涵意喔。瞭解？我想你不懂吧。

【例】如果時間不過是由意向所「建構」的話，建構的時間和被建構的時間之間必然會顯示根本性的分裂。它鮮明地映照出自我的某種「相位」。

雖然這種程度的「」在某類書裡用到氾濫，但局外人看了只會覺得用的人丟臉而已。不用是為了自己好。

（6）有點心懷不軌地想挖苦時用的「」。別名為《週刊新潮》的「」。[2]

譯註

2 《週刊新潮》為日本著名的八卦雜誌。

看一下電車裡《週刊新潮》的吊環廣告就知道了，他們不明究理地亂用引號。我個人覺得，這種引號的用法一點品味都沒有，非常令人厭惡。

寫「白鵬邁向勝利的軌跡」完全沒問題，一旦寫成「白鵬邁向『勝利』的軌跡」，哇，好像白鵬是靠作弊取勝，其中可能有內幕，他實際上不該獲勝似的，祝賀的感覺都沒了。看得出引號很恐怖吧。你們絕不能寫出類似「聽聞令尊因『病』去世，想必你非常『沮喪』。請『安慰』令堂」這種信。會失了朋友喔。

不可以用的「」

五、最後請再讀一次就好

——論文的門面都整理好之後，把它列印出來，自己照著附錄裡的「論文提交之前的檢查清單」再檢查一遍。可以的話也請認識的人閱讀，看看有沒有自己沒注意到的錯字、不恰當的語句、不易閱讀或者重複的地方。差勁男，這你沒做對吧。

——沒有，沒這種閒工夫，因為根本寫到快來不及交啊。

——大家因為都用電腦，錯字慢慢減少，但是注音轉錯字的機會卻變多了。還有就是一直剪下貼上剪下貼上，常常舊句子不要的部分都還保留著。最該注意的，是人名以及重要的關鍵字是否正確。

——我交的論文把辛格寫成金格了。

——這犯了老師的大忌，會想說，這傢伙有來上課嗎？我論理學課的期末考，還有人寫「老師把倫理學教得很有趣」呢。[3] 把我的名字寫成「戸山田」的，更不知有多少。

——交論文把課名和老師的名字搞錯，的確不妙。

譯註

3 日語中「論理學」即邏輯之意。

——所以最少要檢查這些有沒有弄錯，修改完成再繳交。請預留時間修改。最後，不管繳交什麼論文，自己一定要留個備份。老師們收那麼多學生的論文，有時候就是會搞丟。與其在那邊跟老師爭論「我明明就交了」、「我沒收到啊」，還不如說「那我交備份給你」才更有效率。

差勁男日進有功的論文

大家應該很好奇差勁男學習的成果吧？以下登載的是他寫出來的論文。就算是那個差勁男，只要確實地閱讀本書並加以練習，也寫得出這種文章。不，應該說寫得很棒……他是故意裝傻的吧？老師我的評語用粗體字附上，請各位參考。

應該承認動物有權利嗎？

作文差勁男

○○大學工學院電子工程系

一、前言

辛格（Peter Singer）主張，高等動物也可能成為權利的主體。本文的目的是支持辛格的論點。針對此目的，首先，我將簡單概述「是否應該承認動物有權利」此問題為什麼受重視的背景，同時說明「動物的權利」的意義是什麼（第二節）。其次，辛格的論點，是主張應該承認動物有權利的典型說法，我將先加以介紹，並且盡可能地反駁對於該論點的批判，以支持該論點（第三節）。最後，我將討論：如果承認動物有權利，那麼我們應該怎麼對待動物，而承認動物的權利又會導致什麼結果（第四節）。**（極佳地摘述了論文的目的及梗概。有勇氣明確說出論文的目的是支持辛格，了不起。）**

二、動物權利論的背景和意義

應該承認動物有權利此一主張，源自於對我們人類對待動物方式的反省。舉動物實驗為例：藥廠為了測試新開發的洗髮精是否安全，把濃縮溶液往兔子的眼睛裡滴。普林斯頓大學的研究者則餓死了二百五十六隻幼鼠。那是為了證明即將餓死之幼鼠的活動力，遠比正常餵食的成鼠還要高。此外，威斯康辛大學麥迪遜分校的靈長類研究所，還做了個研究故意讓母猴得精神病。該研究導致患病的母猴抓起小猴的臉往地上摔，殺死了牠。[1] **（這是將第八章開頭的 paragraph，改寫成比較容易閱讀的版本。本來太長的句子，縮短得恰到好處。）**

另外還有肉品業的例子。肉品的生產為了迎合人們的口味，或者為了提高生產效率，採用了不自然的飼育方法，這違背動物原本的生態。例如為了生產柔軟不帶腥味的小牛白肉，把牠們圈著不能活動，餵食無鐵質的飼料，以人為的方式讓牠們貧血；

用所謂的格子籠（battery cage）把雞隻關在極度狹窄的籠子裡飼養。**（小牛和雞隻的飼養屬於不自然的飼養方式的次範疇，這裡將範疇的階層結構區分得很清楚。參見第五章之六。）**

傳統上來說，反對虐待是恰當地對待動物的有力理據。其認為，對人類並沒有明顯利益，卻帶給動物不必要的痛苦的行為，在倫理上並不正當。因此，像是虐待小動物、對落入陷阱的動物置之不理任其痛苦衰弱而死，都是不當的行為。

但是，人們逐漸發現，上述這種反對虐待的倫理有其侷限。因為人們讓動物受盡苦痛，多半不是出於故意虐待，而是為了取得食物、醫學的進步，以及確保藥物的安全性等等目的。這些目的顯然是基於良善的意圖。批評這些行為很「殘忍」、是「虐待」，不只缺乏根據，而且還誤認了事實。**（這個 paragraph 恰當地將主題句擺在最前面，使得後續的開展容易理解。參見第七章之二。）**

一方面出於對這個問題的自覺，一方面則因為對人類對待動物方式的關心日益高漲，人們追求能夠超越反對虐待的「對待動物的倫理」。這就是動物權利論。承認動物有權利，是比反對虐待動物更進一步的立場。也就是說，動物權利論者的基本立場是：「權利」是人類社會中守護個人的最後保壘，藉由將權利擴大適用到動物身上，要建立一個對待動物的新倫理。

所謂動物有權利的立場，是在哪些點上超越了僅止於反對虐待的倫理呢？首先，承認動物有權利並禁止殘酷地對待動物，這與是否有虐待動物的意圖並不相干。不論是否有虐待的意圖，只要我們的行為侵害了動物的權利，就必須阻止其發生。第二，如果承認動物有權利，那麼，恰當地對待動物，就不是「善良」、「同情」，而是我們的義務。根據反虐待的倫理和愛護動物的思想而來的「善良」，雖然表露出超過義務所要求的善意，但動物權利論關心的，則是我們對於動物究竟負有什麼義務。**（這裡說明了對於「動物有權利嗎」此問題，我們應該怎麼正確地理解。）**

三、支持動物有權利的論點

當然，應該承認動物有權利的這個主張，必須要有能夠正當化該主張的論據。以下舉澳洲倫理學者辛格為例，介紹並探討其論點。

（一）辛格的論點

辛格的論點的基礎，首先是承認平等原則。平等原則指的是考量他人的利害時，不受其特徵和能力的影響。如果承認平等原則，就不能以膚色、出身、性別等理由，來漠視和輕視他人的利害。**（平等原則不易理解，因此換個方式來說明第二句。幸虧有我的批評。參見第七章之五。）**辛格進一步論證，如果人類適用平等原則，基於同樣的理由，動物也適用平等原則。因此，若人類擁有受平等對待的權利，動物也應該要有。

這個主張要成立，就必須說明究竟為什麼人類和動物都適用平等原則。辛格在此利用了十九世紀英國效益主義者邊沁的想法（辛格 1991, pp. 65-6）。邊沁認為，必須具備感受痛苦和快樂的能力，才有權利接受平等的考量與對待。**（確實地列舉了參考文獻。參見第九章之三。）**

辛格根據邊沁的想法，大致上提出了以下的論點（辛格 1991, pp. 66-7）。適用平等原則的條件，既不是身為白人男性，亦非出身高貴，更不是高度的智力或計算能力。上述的條件都是任意而缺乏根據的。請注意，平等原則認為，不論是誰，都應該平等地考量其利害。若是如此，那麼，能適用平等原則最自然的條件，就是有利害關係可言的存在，也就是能夠感受到痛苦和快樂的存在。至少高等動物具備了感受痛苦和快樂的能力。因此，動物也有利害，該利害也應該接受平等的考量。**（極佳地摘述了辛格的論點。不能把摘述想成只是把文章縮短而已。參見第四章之三。）**

（二）對於辛格論點之批評的回應

（在這種場合使用小標題，會讓論文層次分明容易閱讀。參見第九章之四。）

對於辛格的論點，可能會有什麼樣的批評呢？以下列舉兩種可能的批評，並試著以支持動物權利的立場加以反駁。

首先可能會有批評認為，怎麼知道動物會感受到痛苦和快樂呢？這可能不過是把我們自己投射到動物身上罷了。這種批評認為，只要我們不能變成動物去感受痛苦快樂，認為動物會感受到苦樂就沒有根據。

針對這個批評，我們可以回應如下。對於被滴入過量眼藥的兔子，我們的確只能想像而無法感受其痛苦。但若是如此，親弟弟踩到圖釘的痛苦，我們也無法感受。**（這裡根據的是類比論證。只用這種論證雖然說服力薄弱，但 paragraph 在後半段加以補充，提出神經系統大致相同這個人類與動物在重點上相似的論點，使得論證能夠為人接受。參見第六章之五。）** 如果不能變成動物就不能感受其痛苦，那麼我們也無法感受他人的痛苦。我們之所以確信他人具有和自己一樣的痛苦快樂的感覺，是因為我們知道自己和他人具有大致上相同的身體構造。若是如此，那麼至少對於高等哺乳類來說，因為牠們具備和人類十分相似的神經系統和腦部，認定牠們大致上也擁有與人類相似的快樂痛苦，其實是合理的。

第二種對辛格論點的可能批評如下。誠然，人類與和人類相近的黑猩猩，可以感受到痛苦和快樂。狗和貓大概也可以感受到。但是，海葵和水母雖然有神經系統，卻很難想像牠們有痛苦可言。具有感受到痛苦的能力的，和不具備這種能力的，這兩者該怎麼區分呢？

以下是對這種批評的回應。的確，我們承認，能感受到痛苦的，和不能感受到痛苦的動物，中間是連續的。但是畫不出界線，並不代表「能感受到痛苦」這個概念沒有意義。試想顏色的光譜。當紅光的波長縮短時，會慢慢偏向藍光。我們無法清楚地說在這條線之前是紅色的，從這裡開始則是藍色的。但我們不能因此說「紅」、「藍」這些詞彙沒有意義。由於兩個端點的差異非常顯著，因此，模糊地帶的存在，並不妨礙我們有意義地使用這些概念。**（請看一下這幾個 paragraph 的開頭。它們清楚地指出了 paragraph 要說的是可能的批評及其反駁。連接的方式也是有效的。參見第七章之五。）**

對於辛格的論點，還有其他可能的批判。雖然以上只舉出兩例，但我認為，辛格的論點根據的是我們非常自然的直覺，支持它的可能性很充分。

四、承認動物有權利的後果

假設根據上一節的論點，我們有充足的正當性將平等原則擴及動物，以承認動物的權利。接下來必須追問的問題，是當我們承認動物有權利後，我們對待動物的方式，必須做什麼樣的改變呢？如果動物也有生存權以及避免痛苦的權利，所有的動物實驗和肉食，都會變成倫理上不正當的嗎？

我並不這麼認為。**（提出問題後立刻回答，容易瞭解。）**因為平等原則要求我們的不過是：不能忽視動物的利害的理由，就是動物的利害本身。利用動物的時候，不能只考慮對人類的利益，還必須考慮動物的利害。同時計算動物的利害和人類的利害後，如果對人類的利益超過對動物的不利，那麼動物實驗和肉食都是可以允許的。因此，承認動物有權利，並不代表我們必須立刻放棄所有利用動物的方式。

但這也不是肯定現狀。承認動物有權利，就表示必須用動物權利的觀點來檢驗利用動物的行為，在必要時應該改變。進行動物實驗時必須確認：該實驗將為許多人帶來的利益，會超過動物的犧牲。在此條件下，不帶給動物不必要的痛苦和不安、與自然生態相近的飼育環境，以及實驗時施以麻醉或鎮靜劑，不拖長受苦的時間而施以安樂死，都成了人類的義務。

同樣地，如果能提供舒適的牧場，以接近原有生態的方式飼育家畜，並以無痛苦的方法宰殺，那麼，即便承認動物有權利，仍然可以利用動物作為肉食。然而，在這種條件下，現行的集中飼養和小牛的飼養方法，在倫理上，是無論如何也不正當的。

（因為用上了檢查自己武器的副作用這種 RPG 法，才能寫出這一節。參見第五章之五。）

五、結論

本文中，我介紹了動物權利論產生的背景以及辛格的論點，並提出對於兩種批評辛格論點的回應，以支持承認動物有權利此主張。另外，我也澄清，雖然承認動物的權利敦促著我們改變對待動物的態度，但這並不一定代表所有利用動物的行為都必須禁止。**（簡單地摘述論文做了什麼事。）**

然而，本文對於動物權利論的支持未臻完全。首先，我並未討論「痛苦」的內涵。本文只論及肉體的痛苦。但若將絕望、屈辱等等精神上的痛苦也視為痛苦的話，可以預見，哪些動物會被視為是有權利的，將會非常不同。此外，如果接受辛格的觀點，那麼可能會認為，健康而具備高度智力的動物的權利，會比生命品質低落的人的權利還要優先。[2]至少在直覺上，我反對這一點，但我尚未仔細地思考此問題，因此本文未加以處理。未來我將繼續思考這兩個問題。**（在結尾處述及未處理的問題，是標準的結論寫作法。參見第四章之四。）**

註釋

1 此處所舉之例來自（辛格 1991, p. 76）。這些動物實驗的案例對於人類是否有那麼明顯的利益，其實並不十分清楚，但卻仍然殘酷地執行了。若是如此，或許反虐待的倫理立場，就足以禁止這類的「動物實驗」。

2（加藤 1994, p. 174）亦指出了這點。加藤認為「相較於聰明的動物，更尊重愚笨的人類的生存，此原則不會改變」，但並未說明其根據。

參考文獻

加藤尚武（1994）《應用倫理學之建議》（応用倫理学のすすめ），丸善圖書館。

辛格（Singer, P.）（山內友三郎、塚崎智譯）（1991）《實作倫理》（実践の倫理），昭和堂。

對於這篇文章，我當然還有不滿意的地方，例如參考文獻太少、參考辛格著作時用的是譯本而不是一手文獻（原書）等等（大學一、二年級所寫的論文用譯本還說得過去，畢業論文靠譯本就不行了）。此外，差勁男所反擊的「批評」，是對於辛格論點的可能批評中最容易反駁的。話雖如此，這篇文章文理通暢，給A+絕對說得過去。

練習問題解答

【練習問題1】（第二五頁）

（一）①依序為大勢、態勢、體制；②變異、偏倚、變位；③保障、保證、補償。

（二）國語辭典還能怎麼運用呢？比方可以查詢搭配詞（collocation）。某個詞不是跟任何其他詞連在一起都可以，而是會選擇特定的詞彙連接。例如要用英文說「動」手術時，好像用 do、execute 或 run 都可以，但用 perform 才是正式的說法。這就是所謂的搭配詞。同樣地，當要說「討論得好熱烈喔！」的時候，說的不是「灼熱」也不是「紅熱」，而是「熱烈」。

【練習問題2】（第四六頁）

（一）

①請參閱第八一頁。

②讀書感想是種很奇怪的文章。首先，它被批評為沒意義又有害，竟然還一直讓學校教育現場的老師吃飽太閒，讓學生們討厭作文討厭讀書，實在讓我覺得很不可思議。

我雖然搞不懂讀書感想是什麼，但它的確是種漫無目標的文章。讀書感想不像書評，它的目的不是介紹和批評書籍。美國的小學生也會有作業要讀完書後寫文章，但那叫 Book Report，它有個堂堂正正的目的，是為了向還沒讀過那些書的人報告書裡寫了些什麼。而讀書感想，寫的好像是讀了書之後的想法。但這究竟是為了什麼？而且，寫感想似乎有個默認的成規，就算看了覺得「好無聊，浪費時間」，也不可以寫出來，得要寫成「世界上無聊的書滿坑滿谷，我覺得這本不是」。此外，提問、主張及論證在讀書感想裡，一個都沒有。從以上幾點可知，讀書感想既不是報告型也不是論證型的論文，它是日本獨有，極為奇特的文章類型。

③電影手冊上的「簡介」，的確不是論文，它沒有提問和主張，當然也不能問「這部電影真的是傑作嗎」這種問題。它也不是作者花了工夫調查後提供的獨家資訊。這也是典型的不知目的為何的文章（至少對我來說）。

（二）

・第一個 paragraph：論文裡不應該寫出選擇題目的私人理由。全部刪掉。

・第二個 paragraph：照抄辭典。這個也全部刪掉。

・第三個 paragraph：最前面的四句話裡，並沒有明確說出論文中究竟要採用「權利」的哪一種意義。刪除！最後一句話則是迴避問題，這也要刪掉。結果是全部刪掉。

・**第四個 paragraph：**但是我認為動物有權利。**（這是差勁男的主張，很難得不用刪掉。）**~~就像我剛才說的，以前有養狗。~~**（這是私事。只寫後面的句子才對。）**狗跟人一樣會關心彼此，朋友死掉了會悲傷。不同的只是狗不會說話，但牠的叫聲也會因為心情而變化，或許這也算是一種語言吧。以前電視播過黑猩猩的節目，學者教黑猩猩學手語，黑猩猩會用手語表達自己的意志和感情。但是動物實驗卻用這些有思考能力有感情的黑猩猩。上課的時候老師好像說過，人類用狗或猩猩做動物實驗，活體解剖啦、剝開頭皮插電極啦、或者讓牠們感染病菌來做研究。~~我可以理解主張動物權利的金格等人的心情。~~**（是辛格不是金格。該做的不是去理解辛格的心情，而是討論辛格的論點好不好。刪掉。）**人類為了自己的健康或是利益做實驗，那不如做人體實驗，我覺得動物實驗是人類中心主義。**（這句之後到結束都是個人的隨想，與動物實驗沒有關係。刪掉。）**

・**第五個 paragraph：**根據以上的理由，我贊成動物的權利。我認為必須停止動物實驗，開放動物園裡的動物。人類與動物其實是平等的，互相體諒一起生活很好。

・**第六個 paragraph：開頭前兩句話不但突然轉移話題，還推翻了既有的結論。刪掉。其後則是藉口、要分數，以及結束文章的客套話。結果全部都得刪掉。**

【練習問題3】（第六八頁）

（一）在作者欄鍵入「後藤政志」，論文名稱欄鍵入「核電 反應爐外殼」後，找到兩筆資料。

後藤政志〈二〇一一年大震災：福島核電事故 外殼失去功能的意義——不檢查晃動（sloshing）就不該運轉〉（二〇一一大震災：福島原発事故 格納容器の機能喪失の意味——スロッシングの検証なしに運転してはならない），《科學》八一卷一二期，頁一二四六—五一，二〇一一年十二月。

後藤政志〈福島第一核電廠爐心融毀事故——爐心冷卻與反應爐外殼的隔離失敗〉（福島第一原発炉心溶融事故——炉心冷却と原子力格納容器隔離の失敗），《科學》八一卷五期，頁四二六—九，二〇一一年五月。

（二）在論文名稱欄鍵入「震災」，期刊名稱欄鍵入「現代思想」，出版社名稱欄鍵入「青土社」就知道了。共有二〇一一年九月〈總專輯 東日本大震災與「心」的方向〉（総特集 東日本大震災と〈こころ〉のゆくえ）；同年五月〈專輯 東日本大震災——在危機中生存的思想〉（特集 東日本大震災——危機を生きる思想），以及二〇一二年三月〈專輯 大震災還沒結束〉（特集 大震災は終わらない）這些專輯。

（三）在論文名稱鍵入「韓國 電子書」試試看。發現三筆文獻。這三筆都是該領域的專業人士閱讀的雜誌，不查的話大概不會知道有這些雜誌。

館野晰〈海外出版報告 韓國的電子書與數位出版〉（海外出版レポート 韓国 電子ブック・電子出版をめぐって），《出版新聞》（出版ニュース）二二四三期，頁三八，二〇一一年五月。

館野晰〈海外出版報告 韓國的電子書市場與行銷方向〉（海外出版レポート 韓国 電子ブック市場、定着の方向へ），《出版新聞》（出版ニュース）二二五五期，頁二六，二〇一一年九月。

竹井弘樹、石田陽一〈韓國的寬頻時代之電子書市場與傳統/虛擬混合型圖書館之狀況〉（韓国におけるブロードバンド時代の電子ブック市場とハイブリッド図書館事情），《醫學圖書館》五三卷四期，頁三六一—七，二〇〇六年十二月。

【練習問題4】（第八二頁）

第二章討論的問題是：論文是種什麼樣的文章（問題）。針對這個問題，作者的回答如下。論文是針對給定的問題或者自己的提問，主張一個明確的答案，並且提出根據來論證以支持該主張的文章（主張）。將論文這樣定義之後，作者根據定義，推導出為了恰當地達成目標所應該注意的事項，彙整成以下五點。亦即（一）避免模糊及迴避問題；（二）除了提問、主張和論據之外，個人的回憶、寫不好的藉口，以及選擇主題背後的原因等等，都不能寫進論文裡；（三）應該著重的不是主張的真假，而是推導出主張的論證，它的說服力能不能提高；（四）必須寫出自己的價值判斷和主觀的敘述，但同時也應該恰當地提出根據，推展能夠一般化的主張；（五）為了能夠讓第三人檢驗論文的客觀性，引用方式、參考文獻的列舉方式等等，應該遵照一般的習慣。

【練習問題5】（第九一頁）

本校於二十年前，開始使用填寫教學意見調查等方式讓學生進行教學評量，實施持續至今。但是，如果僅就現況來看，這份努力很難說和改善教學有什麼關係。因此，本論文以今後是否應該讓學生進行教學評量為題。先說結論：我認為讓學生進行教學評量本身應該繼續。為了推導出此項結論，第一節首先**概述本校讓學生進行教學評量是怎麼實施的**。接下來的第二節，我將彙整實施教學評量的原委、**當初實施的目的**，以及其時有什麼樣的議論。第三節則**根據數個事例和調查的結果**，說明本校的教學評量與改善教學之間並無關係。而在第四節，我將**針對為何現行的教學評量與改善教學之間無關，提出幾個假說**，指出教學評量方法的問題。最後的第五節，我將說明**應該怎麼改進上述問題，並根據此提案**，論證應該繼續讓學生進行教學評量。（粗體字代表需要補充的論點）

【練習問題6】（第一〇九頁）

本論文的課題是太空開發史上最嚴重的挑戰者號爆炸事故，瞭解為何無法防止它的發生，以及未來該如何防止同樣的事故發生。首先，第二節是事故的概要和背景的彙整。第三節回溯決定發射的決策過程，發現研發助推器的希爾科公司當初雖然反對發射，卻在發射前的最後一刻與NASA舉行的會議中改變態度，轉為贊成發射。這個態度的轉變即是本論文要處理的問題。因此，第四節針對此態度改變的原因，舉出數個假說，並探討它們的適切性。筆者主張，希爾科公司內部的決策，可以用社會心理學研究發現的「團體迷思」（Groupthink）來理解，它是該公司態度變化的重要成因。最後，根據上述考察，第五節主張，必須改善決策的機制以防止同樣的事故發生，並提出數個防止決策機制陷入團體迷思的方案。

【練習問題7】（第一一九頁）

（一）支持廢除死刑可以想到的論據

（1）死刑是殘酷的刑罰。

（2）廢除死刑是世界潮流。

（3）常有冤罪發生的可能性。因為錯誤的判決而錯殺，是無可挽回的。

（二）支持保留死刑者可能會提的論據

（4）考慮受害者的情緒，保留死刑有其必要。

（5）民意調查結果顯示，支持廢除死刑的人是少數。

（6）死刑可以抑止凶惡犯罪的發生。

（7）作為罪犯補償自己所犯重罪的選擇之一，死刑應該保留。

（8）若要說國外的情況，美國有許多州仍保留死刑。

（三）支持保留死刑者對廢除死刑者的可能批評

（1）↓設法執行不會賦予痛苦的死刑就沒問題。而且，難道終身監禁不是殘酷的刑罰嗎？

（2）↓雖然各國的制度傾向廢除死刑，但這不見得反映了輿論。各國的司法制度不同，因此，說「世界潮流」就應該採納，只不過是崇外主義而已。

（3）↓承認冤罪是死刑的弊病。但是，應該思考怎麼防止此弊病的發生。如果某事有弊病，那決定除去「某事」，是錯誤的判斷。

（四）為了駁斥支持保留死刑者的論點，可能的反駁

（4）↓藉由死刑來平復受害者的情緒，只不過是由國家來代替受害者復仇而已。由國家來滿足復仇的心理，並不是件好事。

（5）↓實施民意調查時，並沒有充分地說明死刑的弊病，進行的可能是煽動對於受害者的同情心和對於加害者的憎惡感的誘導式調查。

（6）↓並沒有證據顯示死刑有抑制凶惡犯罪的效果。如果檢舉率低，那不論犯的

罪多大都可能逃脫，因此死刑並沒有抑制效果。反過來說，如果檢舉率高，那比死刑還輕的罪刑可能就有很好的抑制效果。此外，作為對預備犯罪者殺雞儆猴的手段，死刑可能是過重的刑罰。

（7）→罪犯自己並不期待死刑的執行。

（8）→日本不應與槍枝合法化以及經常發生槍擊案的美國相提並論。

「（1）→」→宣布死刑本身就已經是痛苦和殘酷了。

「（2）→」→並不是因為「世界潮流」就應該採納。世界潮流有其相應的理由，必須加以尊重。

「（3）→」→如果這個推論正確，那麼「毒品有重大的弊病，因此應該全面禁止毒品」，這不也是錯誤的判斷嗎？

【練習問題8】（第一二七頁）

標題（暫定）「學力低落的論點反映出多樣化的學力觀」

一、前言

・問題設定↓要瞭解關於大學生學力低落的論點中，認為學力低落的論者與不認為如此的論者之間，對於學力的理解有什麼不同

・各節的內容與概要

二、問題的背景與格式化

（一）關於「學力低落現象」之論點的潮流

（二）指出論點的分歧

（三）學力觀上的差異

三、認為學力低落正在發生的論者的學力觀

四、不認為學力低落正在發生的論者的學力觀

五、回歸到成熟的討論的提案

（一）兩種學力觀的對比

（二）挑選出重要的論點

（三）回歸到成熟的討論的提案

六、結論

標題（暫定）「大學生學力低落的原因」

一、前言

・問題設定↓學力低落論為什麼出現

・各節的內容與概要

二、問題的背景與格式化

（一）問題的背景

學力低落成為問題的經過

學力低落現象的實際情況

根據幾個統計資料，顯示學力低落現象目前正在發生

（二）問題↓學力低落的原因是什麼

這裡所說的「學力」的意思

三、提出假說

提出幾個說明學力低落的原因的假說

四、假說的驗證

五、探討所提出對策的有效性

六、結論

【練習問題9】（第一三五頁）

（一）

・讓老師傷腦筋的學生「問題行為」

- 上課沒上課的樣子
  - 上課缺席
  - 遲到、早退
  - 干擾上課
    - 上課聊天
    - 上課使用手機
- 考試作弊
  - 夾帶小抄
- 課外活動的越軌行為
  - 聚會時強迫別人「乾杯」

（二）

・日本政治體系的問題

政界、官僚、企業之間的勾結

- 空降部隊
- 浪費錢的公共事業

間接民主制的功能不彰

選舉制度的腐敗

- 違反選舉法
- 昂貴的選舉
- 政二代橫行

政黨政治的功能不彰

派系鬥爭

【練習問題10】（第一五四頁）

（一）具備這個論證形式的差勁論證，如下所示。

下過雨的話，地面會溼。沒有下雨。所以地面應該不會溼。

但不一定是這樣。就算沒有下雨，有人灑水或水管破裂的話，地面也會溼。

（二）以下說明此論證形式沒有反例。假設此論證形式不是妥當的論證形式，亦即假設它有反例存在。如果它有反例，那麼就會像是：雖然「若A則B」以及「非B」成立，但「非A」卻不成立的例子。就這個例子來說，如果「非A」不成立，那麼「A」就成立。這麼一來，「若A則B」和「A」就都成立，因此「B」應該也成立。但我們已經知道「非B」成立。而由於「非B」和「B」不能同時成立，因此，此論證形式有反例的假設是錯的。也就是說，這個論證形式是妥當的。

・具備否定後件的論證形式，又滿足條件一的論證的例子：

如果烏賊是脊椎動物，應該會有脊骨。但烏賊沒有脊骨，因此不是脊椎動物。

・具備否定後件的論證形式，但不滿足條件一的論證的例子：

如果你認真地考慮要援助難民，應該買這珍珠。你不買這珍珠，因此，你沒有認真考慮要援助難民。

這是某秘教團體強迫捐款時的邏輯，它並不滿足第一個條件。因為它的根據一「如果你認真地考慮要援助難民，應該買這珍珠」完全沒有說服力。認真考慮要援助難民的人，不是只有買昂貴的珍珠才能援助難民。因為還有其他很多有效的手段。

【練習問題11】（第一五九頁）

假設查德的證詞「我那時看到安東尼」是正確的。因為犯罪發生當下安東尼正在曼哈頓與弗里吃飯，看到安東尼的查德應該在曼哈頓。但犯罪發生時查德和喬應該在西雅圖。這麼一來，查德同時又要在曼哈頓，又要在西雅圖，這是不可能的。因此，「查德的證詞是正確的」這個假設錯了，查德撒了謊。

【練習問題12】（第一九一頁）

此 paragraph 的主題句是：反對管制「有害圖書」的人士，深信自己是基於捍衛表達自由的自由主義立場來發言，這點非常奇怪。因為這個主題句深埋在 paragraph 中間，會讓人很難察覺。要說明對於有害圖書的管制與反對管制方的論點究竟怎麼產生，最好用一個 paragraph 來說明（解答的第一個 paragraph）。而壽司店的話題完全岔了題，要刪掉。第二個 paragraph 最好是集中焦點去論證：自由主義的思想是怎麼回事，而反對管制有害圖書的論者，又為什麼稱不上是自由主義者。結果如下：

> 在過去，以青少年為目標受眾的漫畫裡，若有露骨的性方面的描繪，會將它們歸類為「有害圖書」來管制，這運動曾經擴及全國。管制運動的起因，是因為犯下了連續殺害女童案的青年蒐集了大量近乎色情刊物的漫畫和動畫。那時有個論點，認為應該將判斷作品良窳的權利交給讀者，因為管制剝奪了孩子們培養判斷力的機會，反而有害處。

令我感到非常不可思議的是，持上述主張的人士，對於自己是以捍衛表達自由的自由主義立場來發言這件事竟然深信不疑。我認為他們稱不上是自由主義者。為什麼呢？原本自由主義就承認並且尊重具備完整判斷能力的成人有自己決定的權利。而把仍在培養判斷能力的兒童與成人相提並論，本來就不是自由主義的主張，毋寧說那是反自由主義的觀點。從自由主義的觀點來說，只要不影響他人，即便看的是對自己有害的作品，成人的確擁有觀看的權利。但並不會賦予兒童有等同於成人的權利。也就是說，因為成人有看色情刊物的自由，所以不應該限制兒童有這種自由的想法，是與自由主義相反的。

【練習問題13】（第二一六頁）

（一）「在二十一世紀，國立大學為了達成社會所期待的使命，重要的是最大程度地利用大幅放寬各種管制及擴大大學的自主裁量權這些法人化的優點。」

或者是：「在二十一世紀，國立大學為了達成社會所期待的使命，最大程度地利用大幅放寬各種管制及擴大大學的自主裁量權這些法人化的優點，是很重要的。」

（二）嘻哈以市郊舞蹈音樂之姿首度現身。當時是一九七〇年代後期。一九七〇年代後期，正是現場演出的舞蹈在家庭、學校、社區中心、公園裡鞏固地位的時候，也是以白人低所得階層為核心的迪斯可文化已過了全盛期之際。而當時，西班牙裔、亞裔居民的民族音樂正式進入的時機也還未成熟。由於上述原因，美國都市地區的音樂文化可以說有段空窗期，嘻哈正是在此時的紐約，尤其是布朗克司（Bronx），以及哈林（Harlem）和布魯克林（Brooklyn）這些區域對音樂上的狂歡的潛在需求升高之際誕生。

【練習問題14】（第二二〇頁）

（一）在美國，汽車所耗費的社會成本中，佔最大比例的是交通事故。在一九六〇年代，汽車每年造成五萬人死亡和二百萬人受傷。因為高速公路路網的普及，美國的汽車交通事故反而使得死者和重傷者往上增加，重傷者包括那些一生必須坐輪椅的人。而且，有統計顯示，有交通意外經驗的受害者的累積人數，平均一家就有一位。然而美國還是有值得日本學習的地方。比方大致上採用人車分離、市區增設兒童遊戲場所、以立體交匯代替交差路口的紅綠燈、投注大量經費進行針對兒童的交通安全教育等等，都是其中的例子。

（二）「關於動物行為研究的核心研究者」；第二題雖然可以改成「為德國抽象畫的代表畫家生前最後舉辦展出所製作手冊裝飾封面的畫作所附標題中的最後一個詞」，但是修飾語句變得這麼長，不管它裡面是不是連續使用「の」，都最好不要這麼寫為妙。

【練習問題15】（第二二三頁）

【例1】日本社會對於到精神科就診，目前仍有明顯的社會偏見，這與美國大不相同。美國社會由於對越戰退伍兵的創傷後壓力症候群問題，以及虐待兒童或所謂「小大人」（adult child）問題的關心，使得對於精神科醫師的社會需求大增。

【例2】山下洋輔以天生的銳利音感為基礎，結合了從千錘百鍊的身體所湧現出的躍動感和將日本的風土精湛地在地化後的藍調感覺。據此，他確立了洋溢著前所未聞的日本式感性的嶄新獨特的音樂世界，引領著七〇年代以降日本爵士樂界。山下近年來與古典樂音樂家共同合作，企圖嘗試新的突破。

【練習問題16】（第二二五頁）

（一）請參見左表。

（二）透過精密實驗或觀察，得以對嚴謹的假說進行系統性的實證研究，因而使得宗教因素開始在自然研究中緩慢地消退。由於宗教因素的退卻，認為自己的職業為自然的研究的人出現，他們自稱為「科學家」。而擁護演化論，被稱為「達爾文的看門狗」的赫胥黎，則強烈地反對這種趨勢。

		很有魄力地		
		一飲而盡	放言高論	提出反駁
一邊將生啤酒一飲而盡，一邊	放言高論	對於很有魄力地一邊將生啤酒一飲而盡，一邊放言高論教育理論的美奈茂，由加里提出反駁。	對於一邊將生啤酒一飲而盡，一邊很有魄力地放言高論教育理論的美奈茂，由加里提出反駁。	對於一邊將生啤酒一飲而盡，一邊放言高論教育理論的美奈茂，由加里很有魄力地提出反駁。
	提出反駁	對於放言高論教育理論的美奈茂，由加里一邊很有魄力地將生啤酒一飲而盡，一邊提出反駁。	對於很有魄力地放言高論教育理論的美奈茂，由加里一邊將生啤酒一飲而盡，一邊提出反駁。	對於放言高論教育理論的美奈茂，由加里一邊將生啤酒一飲而盡，一邊很有迫力地提出反駁。

【練習問題17】（第二三〇頁）

（一）這邊要說的，是句末的表現。出乎意料地，這對文章整體的易讀與否有影響。句末如果連續使用同一個詞彙，不知怎地，讀者會覺得非常煩躁。事實上，應該已經有讀者察覺而焦躁，發現我上幾句的句末都用「是也」結束。但這種程度的「是也進攻法」、「是字進攻法」，可說是你們這些學生作文的一大特徵。在此之前，我都盡可能地遵循句末詞彙不重複的原則來寫作這本書。如果你們覺得這本書容易讀，這個原則應該也是原因之一。

（二）請參照差勁男所完成之論文的第二節。

書末豪華五大附錄

A 論文提交之前的檢查清單

○結構相關問題

□是否遵守了字數限制等規定？

□標題與章節的編號有沒有重複或是缺漏？

□摘要與正文有沒有精確地對應？

□結論與正文有沒有精確地對應？

○文章的品質

□句首和句尾有沒有對應？

□是不是有過長的句子？

□使用漢字與假名的原則是否一致？

□使用文書處理軟體導致的漢字轉換錯誤有沒有修正？

○論文的形式

□註釋的編號有沒有重複或是缺漏？

□引用部分是否有前後空一行並且縮排（若是橫寫，引用部分要從左方縮排五個字的空位）？

□引用部分的末尾，有沒有清楚地註明文獻名稱和引用來源？

□參考文獻表有沒有缺漏？

□參考文獻表的格式是否一致？

□參考文獻是否正確地依照作者姓氏的五十音順序（或字母順序）排列？

○格式設定相關問題

□是否混用了多種不同的字體和字級？

□行與行之間，以及上下左右邊是否保留了空白？

□有沒有標上頁碼？

□檔案有沒有備份？

○繳交的禮節

□自己的姓名、系所和級別是否都寫了？

□繳交之前自己有沒有留下紙本備份？
□是否用釘書機釘好了？
□是否有錯頁、缺頁？

B 完成論文的流程表

（編號代表對應的章節）

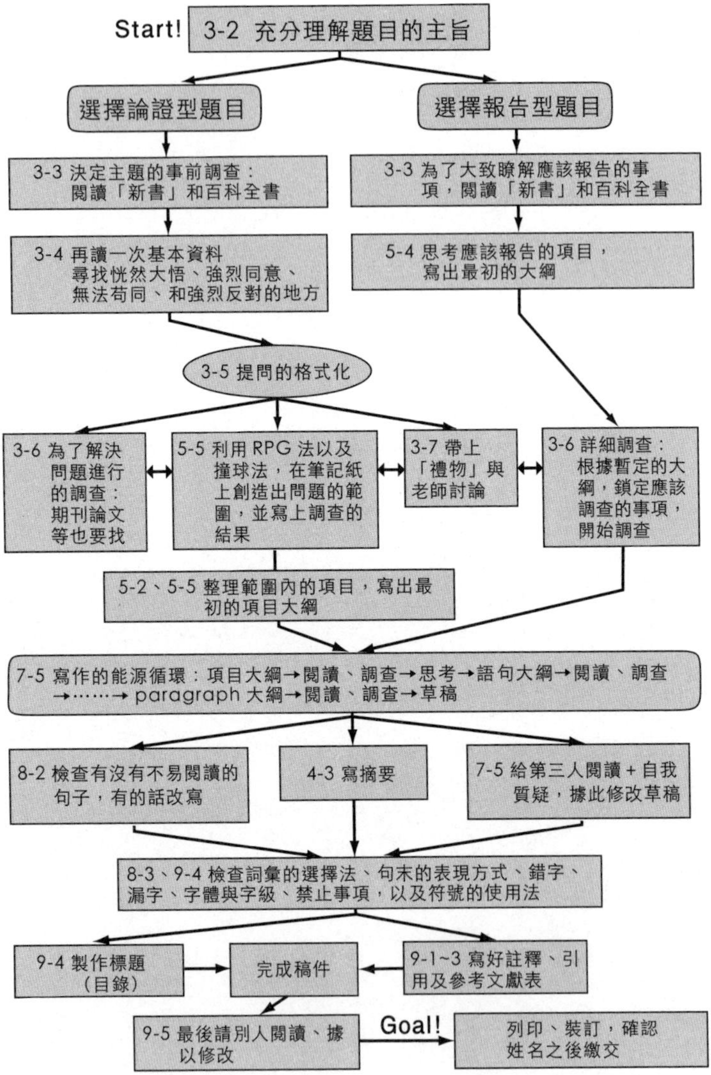

C 只在這裡講的內線消息：論文的評價標準

論文若想得到好成績，最好事先知道老師打成績的評分標準。我只對本書的讀者你們說這件事。標準的論文評分標準如下所述。

★★★代表的是一篇文章能不能稱得上是論文的最低標準，對繳交論文的你們來說，是最重要的標準。

★★代表的是一篇好的論文的標準。

★代表的是只適用於畢業論文這種「長論文」的標準。

一、老師在評分之前會查核的常識性原則

①是否剽竊 ★★★

②有沒有用釘書機等裝訂 ★★★

③系所、級別、姓名是否寫上 ★★★

④是否明確地回答了給定的題目 ★★★

⑤是否明確地遵守了其他（例如稿紙張數）的規定 ★★★

二、內容

（一）前言（摘要）

①是否明確地敘述了論文的目的和欲處理的問題 ★★★

②是否使用了具有說服力的方式來敘述該問題的重要性 ★★

③是否簡略地說明了正文的結構 ★★★

④處理的主題是否具有原創性 ★

（二）正文

①問題的詳細提示

・是否仔細地說明了問題，讓沒有預備知識的讀者也能容易瞭解★★★

②主張

・主張是否正面地回答了提出的問題 ★★★

・主張是否明確、不岔題 ★★★

③論證

・是否恰當地掌握了先行研究 ★

・使用其他文本的場合，是否恰當地閱讀和理解了 ★★★

・是否充分地蒐集了論據 ★★

・是否仔細考慮了作為論據的資料的可信度 ★★

・調查方法以及資料的品質、數量、分析方法是否適當 ★★

・資料與論旨之間是否有恰當的關連 ★★

・論點妥當嗎？亦即論據是否能恰當地推導出結論 ★★★

・是否恰當地處理、反駁了與自己的主張相對的反對意見 ★★

④其他

・提問、主張和論證是否具備嶄新的視角或原創性 ★

・是否有相互矛盾的敘述 ★★★

・正文中各個 paragraph 的安排，是否能讓讀者容易瞭解論點的推展★★★

・對於論文所處理的領域裡的基本概念，是否正確地理解了★★★

（三）結論

①結論的敘述，是否與提問恰當地對應 ★★★

②瞭解了什麼，而是否還有尚未瞭解的？是否恰當地敘述了未來的課題★★★

三、與課程的關連性（如果是期末報告）

①是否顯示出對於整學期的課程內容有適當的理解 ★★★

四、形式

①是否做到了 paragraph writing ★★★

②句首和句尾是否對應 ★★★

③錯字、漏字是否很少 ★★★

④語言的表現能力：在選擇詞彙以及搭配詞等方面是否恰當 ★★

⑤是否適當地使用註釋 ★★

⑥引用方式恰不恰當 ★★

⑦參考文獻的列舉是否恰當 ★★

D 「禁用句大全」——作文差勁男最常使用的十加二種表達方式

我修改學生們繳交的短文已經超過十年，這很辛苦。為了省點事，我請學生用電子檔繳交，我的修改結果，也用電子郵件回覆。由於持續地做這事，我的電腦裡儲存了許多文章。從這些文章發現，很奇妙，學生們寫的「差勁男系」的文章裡，頻繁地使用了特定的詞彙和說法。也就是說，只要避免使用這類的表達方式，文章看起來似乎就會比較好，應該說，實際上就會變得比較好！因此我在附錄裡公開這些「禁用句大全」。只要在寫論文時盡力避免使用這類表達方式，文章應該自然就會變得更好。

（一）我們來……（ここで……してみる）

在 paragraph 的開頭會看到「我們來思考一下 dialogue 和 debate 的差異」這種句子。突然宣稱要做這事，只會讓讀者困惑，因為不清楚這裡與前面內容的關連。不知道要怎麼把文章串起來的人，常常用「我們來……」當逃避的手段，這是作文差勁男慣用的表達方式中的第一名。「我們來……」就像「我們來讓新郎大學時代的朋友致詞」的用法一樣，原本是用來轉換話題的。

（二）那麼（では、……）

用類似「那麼，來看看明治時期的大學政策」這樣開頭的 paragraph 很多。「那麼」是用來轉換話題的語彙，像是「那麼，接下來談的是季節的話題」。像論文這種利用邏輯來連接而開展的文章，裡面應該不太會有這類語彙出場的機會。只有在探問前面剛剛出現的語詞，像是「那麼，……是什麼呢」這類的場合，才算是例外。

（三）針對……看一下（……についてみて見る、見ていく）

這是典型的差勁男寫法。究竟是針對……「批判地檢討」、「簡單地介紹」，還是「追溯其背景」，連自己都不知道要寫的是什麼的時候，就會用「看一下」來矇混。這種技倆是瞞不過老師的。「針對……考慮一下」也犯了同樣的錯誤。

（四）另一方面（そんななか、……）

例如前一個 paragraph 寫的是有關西歐的政治情勢，下個 paragraph 卻突然用「另一方面，東歐……」來起頭。這是無法清楚說出要說的是「哪一方面」的人常有的寫法。就像「西歐的情勢是，排外的移民政策持續獲得一定程度的支持；另一方面，如果將目光轉向東歐」所示，應該要重新改寫，指出究竟是「哪一方面」。

（五）因為不知道「基模」這個詞的意思，查了一下……

雖然寫論文的時候，查詢詞彙的意義絕對沒有問題，但不需要告訴人家你做了這件事。只要寫出查詢後的結果即可，例如「這裡所說的『基模』，是……」。

（六）類似（或許是不成熟的看法）、（可能是太過個人的看法）的這種自我質疑

這樣寫很丟臉。如果覺得自己的看法不成熟，就應該再做些調查，將思考深化。最重要的是，不可以使用（）。

（七）用作副詞的「結果」（結果）、「老實說」（正直）

這是近來在論文中經常出現的口語表達的代表性案例。但是它們應該還未成為固定的文章用語。用「結果是」（その結果、結果として）、「說實在的」（正直に言って）、「坦率地說」（率直に言って）就沒有問題。

（八）驗證（……について検証する、……を検証する）

常常看到類似「驗證『是我啦是我啦』詐騙的手法」這樣子使用「驗證」一詞的說法，但這其實是媒體的說法。「驗證」原來的意思，是利用實驗或是調查來確認假說。因此，把驗證只是當成「詳細地調查看看……」這種用法很奇怪。「驗證看看喝可樂時同時吃曼陀珠會不會把胃弄破」才是符合驗證原意的說法。

（九）倫理感、價值感

用這種說法會讓人覺得你很笨。正確的說法是「倫理觀」、「價值觀」。這種說法會讓人認為，原來在你的腦袋裡，倫理只不過是種「感覺」的問題而已。

（十）疑問詞與「還是」（どうか）併用

在「該做什麼還是」（何をするかどうか）、「哪個比較強還是」（どちらが強いかどうか），以及「多麼……還是」（いかにしてするかどうか）裡的「還是」（どうか）是多餘的。應該寫「該做什麼」（何をするか）、「哪個比較強」（どちらが強いか），和「多麼」（いかにしてするか）。

兩則附贈品

（十一）幼稚語

像「細胞送出（出す）荷爾蒙」、「因為上課，做（やる）大學史」、「超級（すごく）」等等屬之。「送出」應該依狀況分別寫成「分泌」、「公布」、「宣言」、「派遣」、「發

射」、「出資」、「投資」，或者「發表」。也就是說，必須增加能運用自如的詞彙不可。

（十二）突然表現決心

論文的最後一句話很難寫。「在此結束論文」這種如同婚禮致詞的說法不值一哂。而寫「請讓我以此來當成論文」則像是自我嘲諷，也很可笑。常常看到「我也充分瞭解這件事。以此為糧，我日後也想做……」以及「雖然以前認為……，但既知事非如此，已經反省。今後必須做……」這類突然表現決心的結束法。覺得非這麼結束文章不可的人，是罹患了高中生常見的「只要寫正面的感想應該就可以拿高分症候群」。得體的論文，很意外地，是會讓人覺得乾乾脆脆劃下句點的論文。

E 推薦書刊

若要購買辭典，請買「用在書寫上的辭典」

一般來說，辭典是為了遇到不認識的詞彙，查詢其意義時使用的，是從詞彙來查詢意義。但是寫論文需要的反而是逆向的辭典，也就是在「想用一句話來說某件事，但不知道怎麼說才好的時候」所使用的辭典，是從意義來查詢詞彙。心裡覺得如果有這種辭典就好了！想著想著，市面上也慢慢有這種辭典出現了。

（一）《因應時間和場合的日語使用法辭典》（日本語使いさばき辞典——時に応じ場合に即し　改訂增補版）（2006）（あすとろ出版）

假設你想要用更恰當、更簡短的說法來說「亂大一把的計畫」好了。看到該辭典的目錄裡有「大小」此一項，覺得可能相關，就查了「大小」這項，發現底下有個次項「形式、規模的『大』」，裡面列出了種種表達「大」的說法。其中的標題「計畫等的規模」一項，底下有「遠大」一辭。沒錯！因此就知道應該說「遠大的計畫」。像這種集結了意義類似的詞彙的辭典（同義語辭典），對於尋找辭彙很有幫助。選擇這類辭典的重點，是選那些容易找到你想找的詞彙的。

同時也得到佳評的同義語辭典是：

（二）大野晋、浜西正人（1981）《角川同義詞新辭典》（角川類語新辞典）（角川書店）

這本的使用方法和（一）大致類似。發展漢字轉換軟體 ATOK 的 JustSystems 公司販售（二）的電子版。若安裝了電子版，使用 ATOK 的聯想轉換時會加入（二）的資料，這樣用文書處理軟體寫文章時，就可以同時查詢同義語。

（三）**《數位同義詞辭典第7版》（デジタル類語辞典第7版）**（ジャングル）

先不論好壞，這本可是收錄了數量龐大的四十二萬個詞彙。鍵入「雖不中亦不遠矣」（当たらずといえども遠からず），它會把意義相近的詞彙全部列出來，你從中找最適合的即可。想用網路搜尋但想不出好的檢索詞彙時，用這個也很方便。

（四）柴田武、山田進編（2002）**《同義詞大辭典》（類語大辞典）**（講談社）

這本不但收錄詞彙的數量龐大，各個詞彙也都附上了簡要的說明，不只使用方便，就算當成書來讀也樂趣橫生。它是同義語辭典裡的終極版本。當我查「終極版本」有沒有其他說法時，它竟列出了包括優れもの、傑作、白眉、秀作等等十六個詞彙！此外，也可以用網路上免費的《Weblio 同義詞辭典》（Weblio 類語辞典）（https://thesaurus.weblio.jp）和《goo 同義詞辭典》（goo 類語辞典）（https://dictoionary.goo.ne.jp/thsrs）查查看，都很好用。比較貴的電子辭典也都把同義詞辭典當成標準配備，安裝的大致是上述的（二）或下列的（五）。

（五）小學館辭典編集部（2003）**《讓你瞭解使用法的同義詞例句辭典 新版》（使い方の分かる類語例解辞典 新装版）**（小学館）

這是強調使用方便性的新式同義詞辭典。網路上的《goo 同義詞辭典》，收錄的就是這本辭典。

提高論文寫作能力的書籍

以下列出的，是我為了寫作本書所讀過的「論文寫作法書籍」，以及同事們介紹我讀的書裡面，我覺得「喔，這本不錯」的：

（一）木下是雄（1994）**《組織報告的方法》（レポートの組み立て方）**（筑摩學芸文庫）

（二）木下是雄（1981）**《理工科的作文技術》（理科系の作文技術）**（中公新書）

這兩本都是好書，而且也都是長銷書。Paragraph 寫作，以及寫出易讀而簡潔的文章的方法，是這兩本書共同的重點。雖然（一）是給文組，而（二）是給理組讀的，但（二）裡面也包括了很多文組應該學習的內容。兩者的共同特色是喜歡說理，可以說是「論文寫作法界」的理論派。推薦給那些覺得不被道理說服就覺得不懂的人。

（三）荒木晶子、向後千春、筒井洋一（2000）**《自我表現能力的教室——大學裡**

教授的「說話法」和「寫作法」》（自我表現力の教室——大学で教える「話し方」「書き方」）（情報センター出版局）

這幾位作者大致和我算同一個世代，這本書也是我推薦的幾本裡面我覺得有共鳴之處最多的。這本也是屬於理論派，這裡的理論是指媒介理論和認知心理學。本書的特色，是它處理的同時包括了提升寫作能力和說話能力的方法。在面試前閱讀此書，對面試也有幫助。書裡也批評了讀書感想，這我深有同感。不過，作者們不只批評得比我好，炮火還更猛烈，這讓我有點失落。

（四）澤田昭夫（1977）**《論文寫作法》（論文の書き方）**（講談社學術文庫）

作者是研究西洋史的名家。書裡用一整章討論古希臘羅馬的修辭學和辯論術，是「論文寫作法界」裡的高蹈派。書裡討論的也不只是論文寫作法，還兼及人文科學研究的心得。書中收錄了大英圖書館閱覽室的照片等等，可說是為未來的研究者所寫的書。我推薦此書給正在為大學畢業論文以及更上一層的碩士論文而煩惱的人閱讀。我在書裡介紹的「撞球法」，是由（四）裡的「主題法」和（三）裡的「想像圖」引申而成。

（五）山內志朗（2001）**《寫出勉強及格的論文指南》（ぎりぎり合格への論文マニュアル）**（平凡社新書）

說是「勉強及格」，我還覺得水準相當高。本書最優秀的地方，是作者舉了許多例子說明鎖定畢業論文主題以及下標題的方法。不過，我有點擔心，書裡有些笑哏太過知性，可能會有讀者純粹只把它們當笑話看。

（六）小笠原喜康（2009）**《給大學生的報告・論文寫作術新版》（新版　大学生のためのレポート・論文術）**（講談社現代新書）

這是二〇〇二年出版的《給大學生的報告・論文寫作術》的修訂版。和我寫的書比起來，小笠原這本似乎遵循著內容不岔題的方針，是本徹徹底底的指南書。它的特徵是十分詳細地介紹了搜尋文獻的方法，以及使用 power point 進行口頭報告的方法。裡面也有很多像是「想在畢業論文繳交的當天，用學校的印表機印出論文是不行的」這類會讓大學老師覺得十足反映了實際情況的建議。我覺得他說得真對。

（七）河野哲也（2002）**《報告・論文的寫作法入門 三版》（レポート・論文の書き方入門　第3版）**（慶應義塾大學出版會）

作者自稱貫徹「教導怎麼做」的方針，比上述的（六）還要緊湊，全書也就一百頁出頭而已。但裡面還花了一些篇幅說明「文本批評」的方法，也就是批判地、邏輯地解讀以及介紹別人寫的文章的方法，這是本書的特點。想知道怎麼寫研究討論會和讀書會摘要的人，可以閱讀這本書。

（八）福澤一吉（2012）**《培養邏輯地解讀文章之能力的批判閱讀》（文章を論理で読み解くための　クリティカル・リーディング）**（NHK 出版新書）

對於想要確實地理解文章的邏輯結構的人，我最推薦讀這本。我認為，會寫論文和會讀論文是一體的兩面。因此，照著這本書練習，不只讀論文的能力會提升，寫論文也一定會進步。尤其是第五講，示範了怎麼把沒有邏輯的文章改寫成邏輯結構清楚的文章，非常出色。

（九）谷岡一郎（2000）**《「社會調查」的謊言——研究素養之建議》（「社会調査」のウソ——リサーチ・リテラシーのすすめ）**（文春新書）

希望那些會使用或者想試試看問卷或統計調查的人，先讀讀這本書。我認為這是本很重要的書，不過它跟本書一樣有點粗野，只是表現的方式不同。

（十）伊勢田哲治（2005）**《哲學思考的練習》（哲学思考トレーニング）**（筑摩新書）

讀了上述（八）入門了批判閱讀之後，應該也會關心批判思考。任誰都會想要學怎麼樣有邏輯、有條理地思考，但事實上，這要怎麼教非常困難。這本書從哲學、邏輯，和倫理學的觀點，具體地檢視它們對我們日常會遭遇的問題能有什麼幫助。這是批判思考書籍中的傑作。

（十一）戶田山和久（2011）**《「科學的思考」九堂課——學校不教的科學》（「科学的思考」のレッスン——学校で教えてくれないサイエンス）**（NHK 出版新書）[1]

譯註

1　本書的繁體中文譯本於二〇一七年由游擊文化出版。

這是我自己寫的書，不好意思……。就像書名所示，它是用淺顯易懂的方式講解「科學的思考」是什麼意思的書。科學地思考和邏輯地寫作相關，因此它可以說是《論文教室》的姐妹作。它用具體的事例說明理論與事實的不同、更好的假說是怎樣的、科學說明是什麼、要確認假說必須做怎麼樣的實驗。後半部則將上述結果實際應用於思考核電廠事故的曝露風險問題。

最後，我來介紹有關網路資訊搜尋法的入門書籍。但因為網路、資訊搜尋技術及資料庫都是日新月異，要介紹這個領域的書不容易，它們立刻就過時了。以下介紹的兩本，是我認為目前最新、最好的。

（十二）味岡美豊子（2009）**《給社會人和學生的資訊搜尋入門》（社会人・学生のための情報検索入門）**（ひつじ書房）

本書作者是圖書館員，也取得電腦資訊搜尋的專業「searcher」的證書，本書因此是玩真的。資訊搜尋不只是種知識，它從資料庫搜尋的原理開始說明，因此讀了會獲得不會過時的知識。當然，後半部教導的是具體而實際的資訊搜尋法。

（十三）伊藤民雄（2010）**《網路的文獻探索》（インターネットで文献探索）**（日本図書館協会）

這本書依照文類和文獻種類的不同，傳授具體的文獻探索方法。比如對於鄉土資料或是公司史等等的搜尋，它介紹了相當狂熱的文獻探索方法。能蒐集到大量的資料很令人欽佩。這麼做確實可靠，因為需要的時候就用得上。作者經營了一個「圖書・雜誌探索頁面」（図書・雑誌探索ページ）網站（biblioguide.net），上面有書裡面介紹的種種資料庫的連結。感謝作者讓我們可以使用。

幫助使用者搜尋資料也是圖書館員的重要工作。因此，也可以直接到圖書館學習搜尋資料的方法。大學圖書館在新學期開始時，多半都會舉辦資料搜尋的講習。好不容易繳了學費，應該好好地徹底利用圖書館才是。

對寫論文有幫助的準專業雜誌

（一）哲學、思想、歷史

《思想》（岩波書店）、**《現代思想》**（青土社）、**《季刊 iichiko》**（三和酒類株式會社）、**《情況》**（情況出版）、**《日本思想史》**（日本思想史懇話會）

（二）心理學、認知科學、精神醫學

《心之科學》（こころの科学）（日本評論社）、**《兒童心理》**（金子書房）

（三）文學

《URIIKA》（ユリイカ）（青土社）、**《文學》**（岩波書店）

（四）社會學、政治學、民族學、消費者運動

《世界》（岩波書店）、**《季刊民族學》**（国立民族学博物館）、**《消費與生活》（消費と生活）**（消費と生活社）

（五）經濟學

《經濟研究討論會》（経済セミナー）（日本評論社）

（六）法學

《法學研究討論會》（法学セミナー）（日本評論社）、**《法學家》（ジュリスト）**（有斐閣）、**《法學教室》**（有斐閣）、**《判例時報》（判例タイムズ）**（判例タイムズ社）

（七）教育學

《英語教育》（大修館書店）

（八）藝術、美術、電影學、戲劇

《藝術新潮》（新潮社）、**《美術手帖》**（美術出版社）、**《月刊美術》**（實業之日本社）、**《電影旬報》（キネマ旬報）**（キネマ旬報社）、**《電影藝術》（映画芸術）**（編集プロダクション映芸）、**《音樂現代》**（藝術現代社）、**《舞蹈雜誌》（ダンスマガジン）**（新書館）、**《劇本》（シナリオ）**（シナリオ作家協會）、**《戲院》（テアトロ）**（カモミール社）

（九）一般自然科學

《科學》（岩波書店）、**《日經科學》（日経サイエンス）**（日經サイエンス社）、

《Newton》（ニュートンプレス）

（十）數學、資訊科學

《數學研究討論會》（数学セミナー）（日本評論社）、**《數理科學》**（サイエンス社）

（十一）物理學、化學

《宇稱》（パリティ）（丸善出版）、**《現代化學》**（東京化學同人）、**《化學與生物》（化学と生物）**（日本農藝化學會）

（十二）醫學、生物學

《日經醫學》（日経メディカル）（日經BP社）、**《實驗醫學》**（羊土社）、**《生物之科學遺傳》（生物の科学遺伝）**（NTS）、**《細胞工程》（細胞工学）**（学研メディカル秀潤社）

（十三）天文學、地球科學

《天文指引》（天文ガイド）（誠文堂新光社）

（十四）工程學、技術論

《新建築》（新建築社）、**《建築期刊》（建築ジャーナル）**（建築ジャーナル）

（十五）其他（有助於論文寫作的論壇誌、言論誌，和綜合學術誌）

《中央公論》（中央公論新社）、**《思考者》（考える人）**（新潮社）、**《kotoba》**

（集英社）、**《Misuzu》（みすず）**（みすず書房）、**《UP》**（東京大學出版會）

然後，讓我們換換口味……

齋藤美奈子（2007）**《致文章讀本的作者們》（文章読本さん江）**（筑摩文庫）

這本書針對自明治時代以來就持續不斷寫就的「文章作法」或「文章寫作法」，以徹底保持距離的態度進行研究。前述書籍的作者木下是雄和澤田昭夫也赫然在列。本書冷眼描述了那些「慨嘆世上充斥著爛文章，受義憤驅使覺得自己該出馬了」，好管閒事愛說教的大叔們（我也是其中一員）。此書也會讓你瞭解惡名昭彰的讀書感想的起源。讀了我的《論文教室》不小心被「啓蒙」的讀者，要讀這本書來恢復精神的平衡。

後記

我有一把高音薩克斯風。那是我進大學任教，第一次拿到薪水（那時的薪資不像現在全部匯進戶頭，會有一部分以現金交付），在街上晃蕩的時候，偶然發現在當鋪店頭展示的，我一衝動之下就買了。爵士樂的獨奏樂器中，我特別偏愛高音薩克斯風。想盡情地玩即興，像約翰．柯川（John Coltrane）和麥克．布雷克（Michael Brecker）那樣流暢吹奏的我，立刻跑到山葉音樂教室買教本，並且熟讀它（我在山葉音樂教室買教本，但沒在那買樂器，我的樂器都是在當舖買的）。讀完了教本，我覺得想必不會太差，試著吹了一下薩克斯風。……嗯，吹不出聲音。

你一定知道我要說什麼吧。是的，我在打預防針：讀者你們讀完此書，會趕快試著去寫論文，但如果結果不好，那不是本書的問題喔。我真是個膽小鬼。論文和薩克斯風一樣，要上手必須得練習。但不必擔心，論文大概比即興演奏簡單一萬倍。請回想本書所寫的內容，寫出兩三篇來看看，應該會慢慢上手。如果這樣還寫不好，那就再買一本《論文教室》來讀，說不定就會寫得好了。

讓我轉換一下話題……。我喜歡的導演大衛．芬奇（David Fincher）執導的電影《鬥陣俱樂部》（*Fight Club*）裡，有這麼一個場景。布萊德·彼特（Brad Pitt）飾演一個想透過解放潛伏於人心深處的暴力性，計畫改造社會的怪人。他持槍襲擊一家雜貨店，拿槍瞄準打工魯蛇的後腦，在魯蛇的錢包裡找到一張過期的學生證。布萊德·彼特說道：「雷蒙……，你本來想做什麼？你本來想幹哪行？」聽到雷蒙回說想當獸醫，「動物是吧。我會監視你，我知道你住哪裡。如果你在六個星期內沒有重新開始學當獸醫，你死定了。」布萊德·彼特的夥伴抱怨他搞這碼事根本沒意義，他若無其事地回道：「雷蒙明天吃的早飯，會比我們以往吃過的任何餐點都要來得好吃。」

我在電影院看到這一幕，不禁想「我也想，想來這麼一下」。小布想「啓蒙」雷蒙，教育他重拾新生。啓蒙或教育，本質上都是暴力，而且基本上都是「多管閒事」。這個事實，沒有比電影裡面的這一幕描寫得更容易瞭解了。

我很想透過此書來「啓蒙」各位讀者，我也對差勁男說教。承蒙各位讓我透過說教和啓蒙，大大地滿足了我內在喜歡嘲諷的個性。是的，我很愛說教，但同時也非常討厭很喜歡說教的自己。所以我常去看電影裡的那一幕，自己問自己：「你做的事其實就是這樣，其實你只是想做這樣的事而已吧？」藉此取得精神上的平衡。因此，「論文寫作法界的歌德」這名號我不要了，從現在開始，請叫我「論文寫作法界的小布」吧。

再讓我換個話題……。寫這本書，讓我重新體會到大綱的重要性，以及讓別人讀自己文章的重要性了。這本書裡真的寫了些好東西，很棒。如果不是常常把大綱拿出來看，我搞不好會以為自己寫的不是論文寫作法的書，而是相聲的劇本。另外，我要感謝充分理解本書營造的氣氛，畫出愉快插圖的 kazumototomomi。最後，如果不是 NHK 出版的大場旦給我適當的建議和要求，這本書可能都不會有完稿的一天。我有幸遇到這位優秀的編輯，盼望大場旦一定要寫一本《讓人願意寫論文寫作法書籍》的書。

二〇〇二年十月

戶田山和久

……距離寫上述的舊版「後記」，已經十年了。不知為什麼，大場旦先生還沒寫《讓人願意寫論文寫作法書籍》的書。也不知道為什麼，還沒聽過有人叫我「小布」。但承蒙學生和教師們的支持，很多人讀了本書。感謝。

常聽人說十年如隔世，這十年間發生了很多事。難過的是，幾個我之前推薦且喜愛的雜誌被迫停刊了。而另一方面，也有一些我想推薦的好書出版了。隨著電子辭典和網路辭典的普及，搜尋文獻的方法也大幅地改變，圖書館也強化了支持學生學習的角色。而且也有人不知道貴乃花是何方神聖。本書的舊版，有一部分已經過了保存期限。

因此，趁著出版十年的機會，我修訂了內容。首先，把現在的讀者不熟悉的事和專有名詞換成新的。其次，我也更新了推薦書籍、文獻搜尋的資料庫，以及網路上的辭典等等資訊。第三，我在附錄裡，增加了從這十年間逐漸充實的「差勁論文選集」裡精心挑選出來的禁用句。經過這次修訂，我覺得本書變得更容易理解，使用上也更方便了。

雖然科技不斷地變化，但是邏輯地思考、寫作及說話的方法，基本上不會有什麼改變。而且其重要性也不會動搖。期待讀者們能將這本書裡學到的活用到社會上。這麼一來，這個世界應該也會稍稍變好吧。

這次的修訂，大場旦先生同樣給我全力的支持，包括在應該修訂之處以及修訂方向上，給了我懇切而詳細的指教。大場先生在星巴克讀著貼了密密麻麻便箋的舊版，正煩惱該怎麼修改時，店員對他說「很用功呢」，還帶了個微笑。我想，這驗證了我說的「受

歡迎之秘訣 與其三色筆 不如是便箋（字數超過俳句的規定了）」吧。

二〇一二年六月
戶田山和久

論文教室：從課堂報告到畢業論文

論文の教室：レポートから卒論まで

作　　者　戶田山和久
譯　　者　林宗德
責任編輯　黃恩霖
企劃行銷　許家旗
封面設計　林恆葦 源生設計
內文排版　林佳怡
印　　刷　漢藝有限公司
初版一刷　二〇一九年四月
定　　價　四〇〇元
ＩＳＢＮ　978-986-95945-9-2
出 版 者　游擊文化股份有限公司
地　　址　106 臺北市大安區泰順街二十四號地下室
網　　站　https://guerrillalibratory.wordpress.com/
臉　　書　https://www.facebook.com/guerrillapublishing2014
電　　郵　guerrilla.service@gmail.com

總 經 銷　前衛出版社＆草根出版公司
地　　址　104 臺北市中山區農安街一五三號四樓之三
電　　話　(02)2586-5708
傳　　真　(02)2586-3758

國家圖書館出版品預行編目 (CIP) 資料

論文教室：從課堂報告到畢業論文 / 戶田山和久著 ; 林宗德譯 .
-- 初版 . -- 臺北市 : 游擊文化 , 2019.04
面 ;　公分
譯自 : 論文の教室 : レポートから卒論まで
ISBN 978-986-95945-9-2(平裝)

1. 論文寫作法
811.4　　　　　　　　108004079